长白山野生飞鸟集

天空的流浪者

高维生 著

北方妇女儿童出版社
·长春·

版权所有　侵权必究

图书在版编目（ＣＩＰ）数据

天空的流浪者 / 高维生著．— 长春：北方妇女儿童出版社，2023.3
（长白山野生飞鸟集）
ISBN 978-7-5585-7034-6

Ⅰ．①天… Ⅱ．①高… Ⅲ．①散文集－中国－当代 Ⅳ．① I267

中国版本图书馆 CIP 数据核字（2022）第 184824 号

天空的流浪者
TIANKONG DE LIULANG ZHE

出 版 人	师晓晖
策 划 人	陶　然
责任编辑	曲长军
版式设计	长春市一行平面设计有限公司
开　　本	889mm×1194mm　1/32
印　　张	6.5
字　　数	128千字
版　　次	2023年3月第1版
印　　次	2023年3月第1次印刷
印　　刷	吉林省吉广国际广告股份有限公司
出　　版	北方妇女儿童出版社
发　　行	北方妇女儿童出版社
地　　址	长春市福祉大路5788号
电　　话	总编办：0431-81629600
	发行科：0431-81629633

定　　价	48.00元

做一个大自然的居民

高维生

在长白山区远足,满眼都是绿色,遍地野花和灌木丛,森林茂盛,各类鸟儿在林间飞来飞去。在这里感受阳光或风雨,破译大自然的神秘语言,我把鸟儿当作亲人,我们语言不同,但情感一样。为了生存战胜各种困难,为了爱付出代价,人与大自然是最古老的关系。

长白山是部大书,太厚太重,必须熟悉它的草木文字。每一次走进长白山区,都在上重要的课,学习自然的精神。

我写长白山的鸟儿,是多年的观察日记,每只鸟儿都有故事,并不是简单的记录。人类对于鸟类的认知能力有了很大提升,但尚不完整。多年在长白山区行走,除了认识鸟类的生活,还结识了许多动物和植物。

任何一个地名都不是凭空得来的,它与特定空间的位置,自然和人文地理紧密相连,还有对过去生活的回忆。人离不开大自然,人类和大自然相互依赖,因为人是其中的一分子,它们不是统治和被统治的关系,而是平等存在。尽管科学技术发展到今天,我们还是不知道鸟儿在想什么,各种先进手段,无法破译鸟儿的秘密。

秋天时节，我又一次来到长白山区，在秃顶子山上遇到苍鹰，它在天空飞翔，如同一片梧桐叶子飘游。想起少年时的经历，大自然并不和表面一样平静，其间的变化很多不能预料，无法揣测。有一次，天空出现一团黑影，老母鸡警惕起来，所有鸡崽儿乱跑起来，发出危险的鸣叫。孩子们停下跳皮筋，向天空望去，大声喊老鹰来了。

　　一只大鸟儿俯冲而来，速度极快，盯着慌张乱跑的鸡崽儿。老母鸡睁圆眼睛，愤怒的咕咕叫，张开翅膀保护自己的孩子，准备与来犯的敌人搏杀。

　　少年时代的经历，不是时间所能磨灭掉的。随着年龄增长，反而越来越清晰，那些日子发生的事情，成为宝贵的财富。

　　少年需要心灵的健康成长，今天的孩子经受不起风雨考验，大自然对于他们是符号，是电脑上的影像。人与自然的和谐相处，不是唱着歌，高兴地走进公园，花钱认领几棵树，再挂上自己的名牌。人有太多功利的欲望，不是心灵驱使，而是对灵魂的伤害。精神背景的构筑，需要的不仅是时间，还有真实。回想少年时，在收割后的豆地中寻找老鼠洞，点燃一堆豆叶，往洞里灌烟熏。揪下蜻蜓尾巴，插上狗尾草放飞，望着蜻蜓向天空晃悠悠地飞走。有时满山遍野追逐蓝大胆，拿弹弓偷袭麻雀，冬天用滚鸟笼子诱捕苏巧儿。虽然这些恶作剧带来许多快乐，但当我们反思人与自然，对年少无知所犯下的错误，或许会有一些内疚。

对待大自然不能虚情假意，需要真心实意，否则会遭受报复的。今天的孩子不应该是电子产品的俘虏，而应该走进大自然，经受大地野性的洗礼。呼吸草的清香，与动物们做朋友，让真实的情感回归到生命中。

在长白山区行走，记录大自然的变化，观察大地上的动植物，天空中的飞鸟，倾听山野的每一个音响。大自然是最亲的人，在这里充实而快乐。

当我来到水边，河水中的凤头䴙䴘游来游去。在岸边望着这一切，心中充满激动，人和自然和谐相处。每天与寿带鸟、鹩哥、䴓鹩、家燕、普通翠鸟、金腰燕、蓝大胆、四声杜鹃诸多鸟儿为伍。大自然是人类的母亲，我们充满感激和敬畏，及对各种生命的爱。

鸟儿的写作，不是科普知识的文章，所描写的鸟类是亲身经历，任何鸟儿都有故事，既有悲剧，也有喜剧，鸟儿不是简单的存在，涉及自然界中的各方面。鸟儿和人类一样有自己的习性，在大自然中面临着争斗与爱情,生存与死亡,巧言与狡黠,求偶与筑巢,迁徙和回归,向我们展现鸟类的生存状态。

我对长白山区的情感,不是观光旅游引起的兴奋,它是创作的源头,也是心中的情结。在长白山区经历过不同季节,行走中,实地考察和研究相关著作。从每只鸟儿的踪迹,寻找出动植物的踪迹史,把鸟儿作为人来对待时,所有的一切都发生变化。

每只鸟儿都有个性,生存的状态,它和人一样有情感,有审美,有自己的道德标准。它们如同一棵树,根须深扎在长白山区,吮吸泥土的营养。每一片叶子,清新翠绿,绝不披挂一点儿脏污。

写作者在大自然中,呼吸清新的空气,听到鸟儿的鸣声,不是电视中的影像,而是精神的享受。写作者要用草木的文字,记录每一次在大自然中的经历。染着山野的文字,散发单纯的情感,不会被世俗污染。

写作者面对大自然,心情安逸下来,歌颂大自然的热情,树木的淳朴。它是从心中发出的热爱,不掺杂功利的欲望。在大自然中面对每一棵树木,听风声,看着飞鸟,清除俗尘秽念。

写作是一场战争,当我们拿起笔,预示决战的开始,面对空白的纸进行书写的战役。人的情感，悲欢离合的故事，随着情感的波荡，一个个带着温度的汉字，记录在纸上，塑造出新的形象。思想驱动情感，触摸每个字，在其内核中发酵。

第二次世界大战以后，随着现代化的到来，工业记忆的出现，使人类发生巨大的变化。突出的一种现象发生，人类发现自己无家可归，变得一无所有，而且变为破碎的存在物，没有了归宿感。

人类觉醒起来，需要争取自己的权利。技术是这个时代的病灶，机器是无情感的，对任何人都是一个态度，不讲情面，不讲道理，只遵循机械运动。当人过于依赖机器，总有一天会出大问题。人们在焦虑中寻找，大自然不是疗伤的地方，它是寻找精神的家园。这里远离人群，听鸟儿叫，呼吸草木清香，闻大地野花的香气，排除内心的杂念，恢复平静。

技术高速发展的时代，写作者面临新的选择，人类在大自然中寻找真实，而不是浮光掠影的旅游。当文字从作家手中写出，就是一个独立个体，不会因为世俗的眼光，而改变精神的品质。

2021 年 10 月 5 日 于长白山区

作家推荐

  高维生对于长白山的鸟儿,表现出独特的情思、与众不同的感怀。从普通的鸟儿发现种种异样的理趣,构成了一个特别丰富的斑斓鸟世界,实在迷人。

——著名作家、中国作家协会副主席 张炜

评论家推荐

现在,作家往往将主要精力用于写人,忽略写物或不会写物。即使有人写物,也是外在化的,用人的观念甚至拟人化写物。这样,物就失去了主体性和智慧,变成人的宾语。

作者深潜于大自然,以及物的内部与灵魂。每只飞鸟儿、每棵野草、每缕清风都带着生命的体温气息,也有了思想、情感、灵性与智慧。更多时,作者则成为一个倾听者,一个可与物进行对语的及物者。

长白山令人着迷,给人太多遐想,又有几许神秘。作者长期行走于其间,细心观察各种鸟儿、不同植物,做了大量笔记,以文字为它们画像。作者还搜罗各种鸟儿的故事,以及山中奇遇。所有这些都像鸟儿一样,让灵思遄飞,梦想成真。

——著名评论家王兆胜

关于内容

  作者故乡在长白山区，对这座山有特殊情感，长期在山区进行田野考察，写了大量笔记。作者记录在山中的生活情况，每天与寿带鸟、鹈鸪、鸐鷞、家燕、普通翠鸟、金腰燕、蓝大胆、四声杜鹃诸多鸟儿为伍。大自然是人类的母亲，我们充满感激和敬畏，对各种生命的爱。听当地百姓讲述鸟儿的故事，表现长白山美丽的世界。长白山是我国十大名山之一，得天独厚的自然环境，有着丰富的生物多样性，不同的森林和野生植被带，让读者感受到自然环境和朴素的民风。

目录

第一辑 鸟儿肖像

白鹡鸰心中的地图 \ 3

俗称山蝈蝈儿 \ 10

小有名气的水扎子 \ 18

凤头䴙䴘 \ 24

在天空中 \ 30

披着鲜艳羽毛的猎手 \ 36

戴金腰带的燕子 \ 41

大头蛮子 \ 46

它叫蓝大胆 \ 51

光棍儿好苦 \ 55

以飞行求爱闻名 \ 59

第二辑 自然隐士

大嘴巴的掠食者 \ 67

有烟嗓儿的歌手 \ 76

绰号土包子 \ 81

柳串儿 \ 85

穿燕尾服的鸟儿 \ 90

野鸡飞进饭锅来 \ 96

风中飞翔者 \ 102

当地人叫它虎鸡 \ 109

走进森林中 \ 113

吉祥的名字 \ 119

第三辑 山野生活

白脸山雀 \ 129

老家贼 \ 136

翅膀上的歌声 \ 145

情感是天赋 \ 150

故事的重要性 \ 155

好比林中一枝花 \ 162

王者风范 \ 168

小斑啄木鸟 \ 174

山斑鸠 \ 180

天空中绝对的炭 \ 184

头戴菊花的小鸟儿 \ 188

大自然记下鸟儿的音符 \ 192

第一辑

鸟儿肖像

天空的流浪者

白鹡鸰　周树林／摄影

白鹩鸰心中的地图

一

　　白鹩鸰个头儿不大，胖墩墩的模样，由于没有梳妆打扮，羽毛挓挲不光滑，栖在大青石上，不停地鸣哧。它是否失恋了，要么两口子吵架，跑到富尔河边发泄情绪，昂起脑袋，今天心情不好，喋喋不休。

　　白鹩鸰烦躁不安，每叫几声就低下头，啄自己的脚爪。我从望远镜中观察，说不清什么原因，它是在自责，还是自残，或是对做过的事情反思，一直重复做一个动作。

　　我来到珍珠门屯的当天，拉杆箱放在木屋中，没有马上打开，就急匆匆地奔向富尔河，寻找中华秋沙鸭。它是冰川时期遗留的物种，国家一级保护的野生动物，它和大熊猫、东北虎、滇金丝猴同样珍贵，被称为"水中活化石，鸟中大熊猫"。

　　我在河边白杨树下，望着河中石上的白鹩鸰。河水中央的流速快，接近岸边时减缓，形成漩涡，漩涡中的图案不会重复出现。枝叶在水中形成的阴影，使水的颜色和别处不同，光线变化对水产生影响。

　　富尔河是满族的叫法，为满语杨树之意，因源地有杨树，故而得名。它发源于牡丹岭南麓，由西北向东南穿过珍珠门，两岸石壁陡峭，生长茂密的林木，与河水融为一体，光线和色彩辉映。20世纪70年代末，在珍珠门建有一座水电站，距大坝不远，岸边有一处裂开的大石壁，犹如利斧所劈，故曰珍珠门。

富尔河盛产各种鱼类和其他涉禽，水虾、老头儿鱼、绿头鸭、鸳鸯、中华秋沙鸭、细鳞鱼、鲇鱼、船钉子、苏子、白漂子、葫芦嘴子、瞎豆子、嘎牙子……也是鸟儿的天堂，它们在这里能获取食物。

我来到了富尔河边，碰上情绪失落的白鹡鸰。它的叫声急促，还有些琐碎，听了令人心焦。

二

我在河边杨树下，头顶枝叶筛落的光线散落草丛中。透过六二式单筒望远镜，看到白鹡鸰的白脸，它的绰号称为白颤儿，也叫白脸鸟儿，这个说法准确，是不带夸张的描述。

河中石块的形状是最好的证词，说明河水的流量，并能够测出水位高低。卵石在水中待久，被无数次的漱击，光滑均匀，表现河水打磨的程度。棱角分明的石块在水中，接近岸边处，河床略高一些。

我在岸边的林中奔走，撞得草叶响动，被水声吞噬，在杨树后面隐藏起来，免得被白鹡鸰看见。我依在杨树上不至于滑倒，因为脚下湿气大，遍地生长杂草，稍不注意就滑跟头。葫芦头蜂不知道从哪里飞过来的，落在胳膊上不敢拍打，为了免受蜇咬之苦，害怕它引来同伙进行报复。我吹气赶走侵略者，葫芦头蜂遭受气流的冲击，不情愿地飞走。它真是大懒蛋，没有飞出多远，又落在白屈菜上。我佩服它的勇气，这么快忘记危险，如果当时一掌拍中，现在早已落入泥土里，不久腐烂变作养料。河边陡坡上杂草和灌木丛生，有的叫不出名字，幸亏野艾的帮助，走几步扯一下，缓解下冲的力量。这里的蚊子草花开得密实，呈圆锥状或伞房状，在草中显得好看。

长白山区沿河及次生林是鸟儿的常居地，经常见到灰鹡、大山雀以及白鹡鸰，它们喜欢边飞边叫，鸣声不断传来。我透过树枝叶，看到了水中石上的白鹡鸰，周围流动的富尔河水，画面构图极具特色。

三

一年四季，不同时期的鸟儿群落有明显的波期。六月时节，我来到了长白山区，鸟儿的生活属于夏季平稳期，一种鸟儿的群落，是在特定地区或自然环境里聚集生存。白鹡鸰是独立的个体，却与别的鸟儿群聚。

我在富尔河边的杂树林中，躲过横斜的枝叶，注意脚下高低不平。这里很少有人来，所以无路可行，前面的河水是坐标，全凭感觉走。习惯城市的马路，缺少山野中的经验，既有探险的惊喜，也有前方未知的危险。长白山区不仅有大动物，也有黄豆般大小的蜱虫，叮上就会吸血，使自己胀大，分泌出对人体有害的螺旋体病毒。民间呼之为草爬子，这种说法准确道出其个性。

草爬子潜伏在草地或灌木丛里，靠闻人身体的汗味儿，就知道目标的大概位置，做好攻击准备。当人走过时，草爬子从小草和树枝上落到人身上，寻找皮肤薄弱处下嘴。跑山人说起草爬子也是不能镇定，有些后怕，它叮人时释放出麻醉的物质。将头埋在人体的皮肤内喝血，导致皮肤红肿、疼痛等症状，严重时致人死亡。我认识草爬子是从书本得来的，并没有亲眼见过。我惧怕这种小虫，甚至造成心理负担，从网上购买宽边遮阳帽、野外套头的围巾，做好进山的准备工作。

富尔河边长满野草和杂树，弥漫着草木的湿气。岸边空无一人，只有河水声，林中传出鸟儿叫声，使人抛弃世俗的杂念。听到自然的声音，不带人为的编曲修饰。

我脚下尚未踩稳，身体向前冲，在就要摔倒的瞬间，扶住灌木稳住身体，低头发现身边的黄花。停止脚步，观赏草丛中的黄花，淡黄色的花，发出迷人的微笑，这是人们常说的黄花菜。我家中的黄花菜是加工过的干菜，包在封好的塑料袋里，无法与大地的鲜花比较。

我听见树枝断裂声，在草木间穿行，看了半天，不知是哪棵树枝折断。一阵风吹过后，叶子落进草丛里，富尔河水随着风向发生变化。

白鹡鸰栖于地上，或岩石上，也落在灌木丛和树上，更多时间在水边活动。碰上人时，斜着身子起飞。

白鹡鸰的尾部有规律地摆动，对各种刺激都会产生反应。周围动静让它分心，东张西望，在地上跳来跳去，在空中上下起伏，并且连续鸣叫。白鹡鸰黑白相间的羽毛容易认出来，它的绰号叫摆尾鸽，这个名字没有白起，符合其个性。白颤儿、白脸鸟，甚至马兰花儿，这些称谓都能接受，但张飞鸟的称呼，不怎么理解，因为它多动吗？

白鹡鸰是长白山区的夏候鸟，每年四月中旬，不辞辛苦从南方赶来。漫长旅途中，它们来到时成双结对，随着家族迁徙。白鹡鸰喜欢水湿的地方，在河流附近建立新家。

白鹡鸰属于好动的鸟儿，在自己领地内活动，如果食物不足，它们会去别的地方找食。离开是无奈之举，也未放弃原来的领地。这是有责任心的鸟儿，每天在领地巡视，时时提高警惕，驱赶侵犯的其他鸟儿。

我走出杂树林，坡度缓和起来，接近富尔河的水边，白鹡鸫不断叫唤。河边水声大起来，传来四声杜鹃啼叫，在树林中回荡，增添一种神秘之感，让人激动起来。白鹡鸰有耐性，仍然站在石上，对着河水大叫。我胳膊发痒，不知道什么时候被蚊子咬了一口，起了个红疙瘩。白鹡鸰在发泄情绪，我从岸上的高处，一路斜坡穿越杂树林，蹚过齐腰的草丛。

我来到河水边，白鹡鸰胆子大，离它不过几米远的地方，还沉在情绪中，无任何反应。我用望远镜观看，它向着镜头叫几声，斜飞奔向空中，消失在视野中。我不知该向白鹡鸰说什么，倾听是最好的理解，也是一种安慰。

鹪鹩　谷国强/摄影

第二辑　鸟儿肖像

俗称山蝈蝈儿

榆树立在水边,四周长满野艾、水葱、泽泻、问荆和淡紫色的千屈菜。民间将千屈菜制成干菜,鲜菜沸水焯一下,晒干贮存,以备冬春之需。

中午饭过后,我没有休息,和房东姐夫打个招呼,就奔向富尔河边。出门时仓促,忘记戴遮阳帽,只能顶着大太阳了。去富尔河边,要走下一百二十四个台阶,这些台阶表面看似水泥,其实是人工造的代用品。台阶中间是竹片,包裹水泥和白灰混合的灰泥,如果不是有人说,真是以假乱真,认为是水泥条修建而成的。

我走到台阶中间,停下脚步,从望远镜中向富尔河瞭望,观察河边的情景。榆树的粗枝探向水面,热恋中的鸦鹩栖在上面,雄鸦鹩叼着鱼,等待雌鸦鹩过来撒娇。

雄鸦鹩兴奋起来,为爱人喂食是快乐的事情,除了沟通感情,稳定关系以外,还能诱导交配发生。周围发生的所有事情,对它们毫无影响,雌鸦鹩往后退,已经到了树枝末端,快要掉落下去。雄鸦鹩继续向前,它的情感燃烧起来,要把鱼送进爱人的嘴里，表达火热之情，完成爱情的仪式。纵观发展的情节，到了应该拥抱的时候，雌䴙䴘接受对方的鱼，它们接吻和拥抱。

这是一个怎样的结局，如果按着常规的剧情发展，应该到了结尾大团圆。但故事被意外的情节打乱，河边安静，没有突然闯进来的东西惊动它们的好事。不知什么原因，雌䴙䴘一步步走过去，却发生了一场悲剧，雄䴙䴘叼着鱼不辞而别，迅速地离开，只剩下雌䴙䴘鸣叫。鸟类声音由鸣管发出，不同鸟儿鸣唱有差距，其主要功能是保卫领地，建立和维持配偶关系。雌䴙䴘的鸣叫和前面略有变化，是否在呼唤远去的雄䴙䴘，还是对发生的事情伤感。人类是通过语言表达自己的情感，鸟类是由肢体动作变化，有了语言的功能，传递相关信息，就成为体态语了。鸟儿不会掩饰情感，而是直来直去，把所想的表现出来。

我在林间穿行，脚下是蔓延的野草，等候䴙䴘再次出现。太阳出来了，林子里草木交织，风流动不起来，热气糊在身上形成膜状。空气中弥漫着草的味道，每呼吸一口，如同吃了满嘴的草料。

我急于盼望䴙䴘回来，它却不肯露面，是故意作对，还是由于我出现在领地，害怕不敢回来。大约过去半小时，等得不耐烦了，天空飞过好几只鸟儿，叫声不停地传来。

我看过鸟儿视力调节模式图，清楚标明不同的部位，在脑的控制下自主调节瞳孔，以适应飞翔生活。必须具有精确调节视力的机制，使其调整到适于近视，否则高空飞翔的鸟类，不可能逮住地面的猎物。在密实的林间，以鵟鹩敏锐的眼睛，能轻易发现我这么大的目标。

富尔河边的次生林有片空地，生长着各种野花，淡紫色的千屈菜、蚊子草、鸡腿堇菜、峨参、辽藁本、唐松草、黄花菜。野花的色彩艳丽，那么优雅、柔媚和谦逊，令人赏心悦目。六月时节，野艾长过膝盖，在离河边一百多米处，看到一幕不欢而散的情景。坐在白桦树下，猜测到底发生什么事情，是悲欢离合的爱情故事，还是婚外情被发现，雄鵟鹩迫于无奈，匆匆逃离现场？这里是鵟鹩领地，它们是否会再次出现，不可能离得太远。我向头顶望去，阳光透过枝叶筛落，光线打在草丛上，发生奇妙的变化。四声杜鹃啼鸣从远处传来，普通翠鸟发出单声节奏，或大或小而且悠长，说明它栖在枝头。在大自然中真是享受，免费听到各种鸟儿的歌唱，可能遇上过去认识的鸟儿，只是有时相见，来不及打招呼，对方便无情地离开。尽管和鵟鹩只有两三米的距离，必须详细观察，眼睛在树叶中扫描，否则无法查到具体的位置，树叶和鵟鹩羽毛融为一体。

夜晚迷人，偶尔有一两声狗吠，和夜鸟儿的叫声。我决定什么都不做，听老代说故事，口述故事强调情节的生动和联贯性，而不是想象出来的。老代的讲述未经过加工，它没有设置伏笔，使情节跌宕起伏。这是他人生的经历，和生活经验的积累，包含大量的信息，至为复杂。

晚上有空闲的时间，听老代讲山野中的事情。我把在富尔河边的经过复述一遍，他说平常的事情，没有什么奇怪的。在他家五味子地有鹩鹩窝，有一天偶然相遇，互相瞅着对方，鹩鹩警惕地看着。他不忍心打扰鹩鹩的生活，地里的活未干，便马上离开了。我急于问老代，想知道后来的事情，他说每天家中的事情多，过几天后，再次去那块地，未去找那个窝，不是什么重要的东西。老代几句话轻描淡写的过去，故事讲完了，总觉得意犹未尽，不好再刨根问底。

在林间空地等候鹩鹩，待了近一个小时，几乎快要绝望。在白桦树下，望着树皮褐色有白斑点和条纹。春季时，白桦树二十厘米以上的可采汁，一天能采二十多千克汁液，这是神奇的饮料。

我把耳朵贴到树上，想听汁液的流动声，什么也听不到，只是感觉树的湿润。灌木丛中传出沙沙声，警惕中睁大眼睛寻找目标，有小动物在行走。山野中存在难以预测的事情，进山人不能掉以轻心，时时保持高度警惕。声音很快消失恢复平静，提吊着的心放下。我生活在城市中，看到街头游荡的麻雀和喜鹊，在人工湖边发现野生水鸟，没有任何危险，小动物对人无攻击能力。山中不同，有些小动物太可怕了，黄豆般大小的草爬子，躲藏在树林中，如果不小心被叮上，后果不堪设想。尤其白草爬子，相比黑色的更厉害，能致人丧命。人在山野中情感起伏，和坐过山车一般，从看到鹟䳭调情的场面，到不欢而散，以悲剧结束。

当我等待鹟䳭时，四声杜鹃声音传来，它活动于山地、平原和树林间，不容易被发现。春夏交替间，在麦收时节，一声声不断，所以又得勤劳者的名字，快快割麦。长白山区不种麦子，这个叫法不能接纳，另外的土名花喀咕，还可以接受，因为它的羽毛如同花衣服。在长白山区生存下来，不是顺利无阻的，鸟儿有许多天敌，要防范危险的到来。鸟儿和人一样，有恐惧和愤怒，讨厌和憎恶，惊讶和新奇，悲伤和喜悦。鸟类鸣叫就是语言，在不同情况下，鸟儿通过声音长短的变化，表达自己的情绪。鸟儿不同于人类，它是用听觉来捕捉食物，以及识别不同类的鸟儿。要做到这些，确定声音来源的方向，区分出有用的声音，和相似的声音。

四声杜鹃似乎说不回来了，发现我的存在，所以远远躲开。我只是一种想象，毫无科学根据，两种鸟儿互不相关，况且不懂鸟语，只是胡思乱想。一只麻雀飞来，落在几米远的地方，注视一会儿，带着不信任的神情嘀咕几声，扫兴地离开。

杂树林是鹟䳭的领地，泛着金属的声音充满林间，叫声具有穿透力。鹟䳭是娇小的歌手，却情感充沛，它栖息在灌木丛及林中，在河水和溪流边上，乱石堆中、山坡起伏的灌树丛中，也能发现踪迹。它性格活泼，却又羞怯，发现有人马上隐匿起来。

鹪鹩在森林和山地造窝，位置不太讲究，或岩石缝隙、树根下、灌木丛、枯草堆、树洞里都能行。鹪鹩长得不大，有着高超技术，凭着长嘴衔来的材料，编织囊状形的窝，在侧面开口出入。它还有碗状造型的窝，由苔藓和树枝交叉精心编成，窝中有苔藓、地衣、草茎、草叶和鸟羽毛。鹪鹩窝装修舒适，既能挡风避雨，又可安心休息。鹪鹩生活在森林地带和有水的地方，有时候带着幼鸟出来玩儿，大多数情况下单独活动。它在生育期间鸣唱，不仅声音响亮，而且时间特长。脑袋随着节奏仰起，高翘尾巴。鹪鹩一年能生育两窝，当第二次产卵时，有一些鹪鹩坚守爱情，还是与原配生活，这样的关系往往能维持到繁殖期结束。

早饭出来时，喝了一瓶矿泉水，现在感觉小腹胀，想方便一下。我四处打量没有人，除了草木和小动物，连个人影都见不到。毕竟是受过文明教育的人，找一棵树遮挡，背对外面。在山中的水边有老规矩，不能说撒尿，而是水边的行话"甩浆子"。不知何原因，过去打鱼人，总结这么一句话。就在一切准备就绪时，传来鹪鹩的鸣唱，真不愧外号山蝈蝈儿。鹪鹩身体小，鸣声清脆。

在长白山区行走，能听到各种鸟儿叫声，鹪鹩的歌唱让我心中愉悦。当我见到它时，不等走到跟前，就已经被征服了。

鹎鹩是夏候鸟，三个月后就要踏上旅途，作漫长的迁徙飞行，去温暖的南方。寒冷的长白山区，鸟儿虽有羽毛的保暖衣，却难以生存下去。纷纷启程南迁，去寻找温暖之地。不过等到第二年春天，还会回到长白山区。不管飞向何方，不管飞多远，这些信息会代代相传。它们心中有一幅认知地图，以此辨认方向，不管途中多么艰难，一定回到拥有过爱情和生儿育女的地方。

矶鹬 周树林/摄影

第一辑 鸟儿肖像

小有名气的水扎子

矶鹬在长白山区是普通鸟儿,经常待在水边的石上,时而栖于水边树上,尾巴不断上下摆动,频频地点头,这种鸟儿天性机警,行走时不慌不忙。它受惊后起飞,在水面低飞,两只翅膀向下扇动,身体呈弓形。它在空中滑翔,下落时发出"叽叽叽"声。

六月时,我在富尔河边看到两只矶鹬,应该是两口子玩儿累了,在疲惫状态中。雌性在伸向水中的石上休息,闭目养神。雄性则在岸边的草中窜来窜去寻找吃的,不时发出鸣叫声。我们相距不过十米,不敢再往前走了。只好拿出望远镜,在镜头后面观望,免得惊动它们起飞,就什么都看不见了。

石上的矶鹬享受美好时光,石头插在水中,形成了孤岛状,水在周围流淌,碰击时发出清脆的声响。雄矶鹬的体魄健壮,身上有使不完的力气。我观看了十几分钟,它闲不住地来回走动,在草丛中穿行。矶鹬走动时点头,尾巴上下摆动,没有半点儿安静的时候。

每年五月至七月,是矶鹬极为活跃的阶段,雄鸟在窝附近飞来飞去，清早和黄昏两个时间段，它几乎丧失理性。中午时，矶鹬是正常的状态，不那么焦躁，相反较为安静。

雌矶鹬羞涩，顾全自己的面子。雄矶鹬则不然，交尾前的雄矶鹬，身体中爆发出狂热的激情，使它进入忘情之中。雄矶鹬张开双翅，羽毛挓挲开，一会儿在雌鸟前，一会儿跑到身后，围绕雌鸟转圈跑动，情绪饱涨而十分活跃。雌鸟蹲在地上，把自己的羽翅展开，翘起尾巴，雄鸟的情感到达高潮，便进行交配。

我来到富尔河边，也是矶鹬发情期间，看到两口子激情过后，做短暂的休息。

夜晚在木屋前的亭子中，老代给我唠了许多山中的事情。他说矶鹬有特点，孩子刚生下来不久，就可以跑动，若是遇上危险，马上弃窝奔逃，躲藏在近处的草丛中或石头下，在暗中观察，等待危险过去后，再回到窝中。

每次从窝中走出时，母鸟儿先出去在窝前观望，没有什么意外，就在窝前鸣叫几声。然后在前边引路，一路上不时地鸣叫，走一段距离，再返回落在后面孩子们的身边，叽咕几声。这是温柔的教育，叮嘱要注意什么，怎样保护自己的安全。面对突发的险情，遇上天敌时如何应对。在亲情的教导中，又向前边叫边奔走，让孩子们记住回窝的路线。进入水边觅食，在找食时，母鸟儿仍然尽自己的责任，充满母爱的叨咕，告诉贪玩儿的孩子，吃食时不要分心，吃饱肚子是主要的。

父亲不能贪吃,它有重要的任务,站在石头上担任警戒。如果发现危险,有外来的侵犯者,立即发出信号,母鸟儿也飞到空中急切地鸣叫。孩子们听到父母传递出的声音,迅速向四处躲开了,找到藏匿的草丛或石头下。在父母的带领下,经过一个多月的学习和训练,小矶鹞们便能独立飞翔,开始自己的生活。

老代不仅是山里通,在当地也是有名的鱼王,他在珍珠门水电站工作,下了班以后,就在河里打鱼补贴家用。捕捞的鲜鱼盖上青草,骑摩托跑十几千米路去安图,卖给一些饭店。鲫瓜子晒干,一斤可卖四十多块,一年有一万多块的收入。他在富尔河中,一个猛子扎下去,能挺四五分钟,可以搂回半土篮子的蛤蜊。

我在富尔河边遇上矶鹞两口子,没有和自己的孩子在一起。它们可能是偷闲出来,享受自己的生活,重温过去的美好时光。我闻着野艾清新的香味,望着水边的矶鹞,不想弄出响声,以防打扰矶鹞两口子。岸边的缓坡长满野草,花南星、橐吾、狭叶荨麻、蚊子草、辽藁本。唐松草是一味中药,株形优美,玉白或紫红的花丝,气质高雅,在草丛中特别显眼,有着与众不同的姿态。我再等一会儿,看着矶鹞两口子还有什么故事,然后给唐松草拍照,把土黄连记录下来。

矶鹞在长白山区是益鸟,对植物保护有一定意义。民间作为药材，用来治疗妇女受凉后，引起的腰腿痛或虚劳咳嗽，对夜间失眠盗汗和肢体酸软无力症，也有一定疗效。

我往前走了几步，一根粗壮的树枝横在空中。它的树皮看上去很漂亮，每天不知有多少鸟儿光顾，栖在枝上玩耍，高歌几曲。也有鸟儿的排泄物，从中发现每天的食物记录。我来到富尔河边，是想寻找中华秋沙鸭的踪影，无意中走到这里。矶鹬有所行动，卧在石上的雌矶鹬，站立起来，张开双翅飞走。

天空的流浪者

凤头䴙䴘 蔡福禄/摄影

第一辑 鸟儿肖像

凤头䴙䴘

一只水鸟，一头扎进水中，几乎没有水花，荡起的涟漪层层扩散。我被眼前的景象惊呆，停止奔走的脚步，紧盯水面，水鸟潜水十几秒，尚未见动静。它极善水性，在水中搜寻猎物，当我提吊着心的时候，水面突然破碎，鸟头先钻出水面。水鸟和野鸭子相似，身体较为肥胖，头部长有羽冠。身边不远处，也有同类游动，相伴水中游走。

昨天晚上，老代来唠嗑，听他说了大半夜。这可不是评书中编的故事，而是他一辈子的经历，可以说是自传。虽然不是用文字记录下来的，但口述历史有时比档案记录更真实，具有重要意义。

深夜躺在木屋中，回味老代的讲述，每一句话都是活生生的，没有虚构成分。他说富尔河上的凤头䴙䴘，䴙䴘两个字很多人不认识，也不会写。他是照葫芦画瓢，练了好多遍才会写的两个字。我问为什么练，他说这叫学问，许多人当作野鸭子，其实它是水鸟。

四点多钟赶到富尔河边，按照老代说的地方，那里踩出一条小路，用石块垒了几级台阶，通向河水边。

我称老代打鱼行家，这是一种敬称，并不是每个生活在这里的人都能得到的。他一年四季在富尔河边，自己做了一只木船，每天在河水中划来划去。河对岸有一片他家的地，种着五味子，所以要经常去看，到了秋天快要收获时，在地头用松木杆子和塑料布搭简易仓子。他兴奋地说，林地里经常出现凤头䴙䴘，是个观赏的绝佳地方。如果想去河对岸，坐他的小船渡过去。

我来到富尔河边，老代的木船已经划到对岸了。他起得这么早，去看五味子地，还是做别的事情。水面漂起的雾气，若隐若现的水上，没有凤头䴙䴘，只有流水的韵律声。

我选择最佳的地方，山榆树的枝叶茂盛，有一根树杈，相机架上去，一切工作都做好了，只等主角凤头䴙䴘出场。清晨雾大，湿气变重，不大一会儿，站在草丛中裤腿就被打湿。每个拍鸟儿人需要耐性，沉稳不能急躁。昨夜睡觉前，相机电池充足电，检查存贮卡，带了风油精，这里蚊子多起来，咬一口痒得难受。

河边的鸟儿多，四声杜鹃叫声响亮，穿透雾气，我听到白鹡鸰的声音，满树林中寻找它的影子。凤头䴙䴘一定会出现，饿了一夜肚子，清晨出来找食，不可能睡懒觉。我相信老代的经验，他在这片水域生活一辈子，对河水了如指掌，不可能乱说一通。

两年前，我和朋友去北京颐和园游玩，从玉带桥上下来，继续环湖行走，岸边的水草丛中，不时翻起水花，发出扑棱的响声。我们向里面望去，发现一条鲤鱼钻入水中，不远处有几对类似野鸭子的水鸟。当它们进入视野中，我们兴奋地说，快看野鸭子，顺着手指方向，发现水中有一对野鸭子游动。总觉得长相不似野鸭子，它的颈修长，头上有黑色羽冠，野鸭子不可能有黑色羽冠。身后不断涌来的游客，看到水中的鸟儿，大声叫野鸭子。看来和我们一样不认识水鸟，杂乱的脚步，和叫喊混杂在一起。其中有中年妇女，大喊大叫与年龄不相符，急忙吩咐丈夫，以水鸟为背景拍照。我们不说话，注意湖中水鸟的举动，它们对岸边的热闹不在乎，因为它们知道这片水域安全，不会有人发动袭击。

猜测半天，由于时间的关系，我们起步，一边走着，不时地往湖中望去。看着湖中的水鸟，下一步做什么动作。走过一段路，前面有穿制服的保安，天天在这里巡逻，肯定知道是什么水鸟。我过去打听水鸟的名字，一听保安口音，就知道他不是当地人，他热情地告诉我们。听搞摄影的人说，它叫凤头䴙䴘，喜欢成对生活，别的不知道了。保安揭开谜底，这不是野鸭子，终于真相大白。我在百度搜索凤头䴙䴘，俗称张八狗，或水老鸹。颈项修长，具有深色的羽冠，下体近白，上体纯灰褐。凤头䴙䴘在水上建造浮巢，犹如一个盆，所用的材料都是水生植物的叶子，有强大的漂浮能力。随水位涨落漂起，窝里不会渗水，湿草发酵产生热量，有益于鸟蛋孵化。

凤头䴙䴘是水中的猎手，潜入水中捕获食物，生活在芦苇和杂草丛生的湖泊、池塘、沼泽中。它能够长时间潜入水中，出水时，将嘴尖、鼻孔和眼睛露出水面，观察附近动静，遇有危险潜入水下。凤头䴙䴘不善飞翔，极少在地上奔走，水面起飞时，必需助跑一段，在陆地上短距离飞行，而且飞得不高。

凤头䴙䴘和别的鸟儿不一样，名字笔画多不好发音，很多人不认识这两个字。只是凭感觉，和鸭子差不多大小，又在水上的时间多，离远处看就是野鸭子。所以都当作野鸭。其实它和野鸭子有区别，羽毛松软如丝，头部长有羽冠，嘴巴细直而尖。凤头䴙䴘是水鸟，脚接近尾端不善飞行，却是潜水的高手。我曾在颐和园碰上凤头䴙䴘，认为是野鸭子，走到近处时发现其头上的羽冠，就知道不是野鸭子。

我站得有些腿麻，各种鸟儿都出来献唱，水面安静，迟迟不见凤头䴙䴘出面，内心焦急起来，时间一点点过去。晨雾缓慢散去。我盯住水上，千唤万唤地等待主角出现，终于，从水边草丛中游出凤头䴙䴘，接着第二只出现，前后不过半米远，两口子互相照应。

我从镜头中望着凤头䴙䴘自由自在地游着，寻找捕捉的食物。前面那只闪电似的行动，一头扎进水中，水面荡起水波。

后面的那只随着入水，两个水波纠缠在一起，搅乱水面。

急切地等候中，第一只凤头䴙䴘出水，甩动脑袋上的水珠，让我惊喜的是它嘴里叼着小鱼。它没有马上吃，而是炫耀般地游动，向太阳展示战利品。

长白山区的凤头䴙䴘，和我在颐和园见到的不一样，生存地域不同，所以有着明显差异。它们的叫声不可能相同，每只都有应变的能力。长白山区的凤头䴙䴘，不需要和城市中的那样，只需保持原生即可，这里很少有噪音的干扰。

后面的凤头䴙䴘钻出水面，没有和同伙似的幸运，带着战利品炫耀。我不知道作为两口子，是否有食物同享，凤头䴙䴘甩动头上的水珠，在空中飞溅。我拍下激动人心的情景，这是一幅多情的画面。

家燕　马立明 / 摄影

第一辑　鸟儿肖像

在天空中

一

我站在木屋前的台阶上，举起望远镜，观察电线上栖落的家燕。这次来长白山区，在网上购买了六二式单筒望远镜。商家说明是供特种兵使用，能够观察一万米以内的目标，从镜头中看到家燕的情况，效果还算可以。

凌晨三点四十分，从睡梦中醒来，躺在木屋中，看着窗外远处的大山。木屋檐下有三个家燕窝，整夜听不到动静，时常响起一两声夜鸟儿的声音。我想听燕子打呼噜声，还有哄孩子的温柔声音，甚至夫妻的情话。听老代说去年冬天，屯子进来过大泡卵子，这是当地对公野猪的叫法。它转悠半个屯子，在雪地留下脚印，沿着井沿的小路，奔向富尔河边。

我推开门走出木屋，来到屋边向檐上观望。家燕从窝中探出头来，左观右瞧，准备出去找食，给孩子们做早餐。它看到了我并不惊慌，在和人类相处中彼此熟悉，相信没有害它之意。所以嘀咕几声，似乎在道早安，见面打声招呼。我对家燕的礼貌客气，不知道如何回答，说句早上好。

家燕飞行时，阳光投映在身上，以广阔的天空作背景。蓝黑色羽毛如同闪电，腹部呈白色，两翅狭长，尾羽分叉形成剪刀状。它在空中忽上忽下，而且发出鸣叫，能够急速变换方向。该姿态在巡飞中，保卫自己的一亩三分地，在领地上空易于发现入侵敌人，即使隐藏在树冠深处和草丛中，都无法逃出家燕的眼睛。在防御中，如果用鸣唱、威胁性炫耀都不能奏效，家燕会采取进攻方式，以各种器官作为武器，与入侵者进行激烈搏斗。

家燕飞出窝，后来又出来一只，它们是夫妻俩，在空中撒欢儿，一会儿上，一会儿下，发出尖锐而急促的叫声。通过声音和伴侣联系，最后栖落电线上，扭头、张嘴、展翅，用嘴梳理羽毛，投入新一天的生活。

家燕是益鸟，每年夏天回归到长白山区的家就会吃掉二十五万只昆虫，百姓从不伤害它。冬天来临之前，家燕不耐寒，离开长白山区，进行每年一度的迁徙，飞向遥远的南方，去享受温暖的天气，以度过漫长的冬天。

我坐在窗前，望着外面不远处。老代家的泥土草屋，烟囱冒出炊烟，随着气压变化，或蘑菇云状，或直柱式上升，或斜披空中。

二

六月进入长白山区，我借住朋友姐夫家的木屋。不是传统的木刻楞，用木头和手斧刻出来的，有楞有角，而是由机器加工出来的产物，从墙上的螺丝钉，窗子密封的胶条，和房中间吊挂的大灯，处处体现现代工艺的水平。工业化气息无处不在，即使安静的山野，也浸入它的气味。不管怎么说，唯一符合心愿的是山野中木屋，满足我多年愿望。外檐下有三个家燕窝，那天走进院中，就看到有一只燕子，屁股撅出窝外，以拉屎的方式作为欢迎词，迎接新来的客人。

我把拉杆箱立在木屋中央，生活用品未能拿出来，便急忙去看家燕屎。按照民间说法，被家燕屎拉到脑袋上，必须就地打滚儿，一年生活会平安无事。又有一种说道，燕子拉屎在头上，说明要遭人误会，本来没有做坏事，被诬陷说做坏事了，要不家燕屎怎会拉你头上。家燕在谁家中做窝，代表着积德有福，可以改变家中的运气，日子过得一天天好起来。

我察看地上的家燕屎，研究中什么都未发现。我不可能和作家胡冬林相比，他在长白山区生活多年，从鸟儿的粪便中，能查出吃过几种食物。这些经验不是每个人都有的，是常年观察的结果。鸟儿爱好者就是侦探，通过每个细节，看出每类鸟儿的不同，生活习惯不一样。他要用眼睛、耳朵和嗅觉，观察周围的环境,鸟儿如何活动。不囿于事物表面,要深入了解隐藏的东西。

家燕算是情感比较专一的鸟儿,两口子一年繁殖两窝,夫妻关系维持到繁殖期结束。家燕有乡恋的情结,秋天离开长白山区,转过年的春天,由于思念和牵挂,不怕旅途的劳累,依然回到原来的领地。这对两口子未分开,它们相伴而归,回到去年的繁殖地。

我到了珍珠门屯,住进心仪的木屋中,初次和家燕见面,屁股撅出窝外拉屎。第二天清晨,站在木屋前用单筒望远镜,观看家燕两口子梳洗打扮,准备一天生活的开始。唯一的遗憾,没有听到打呼噜声。

三

家燕声音甜美听起来舒服,不带人为的修饰。旋律的变化、停顿的长短,情感细微的差异,对于声音关系重大。

我进屋拿出相机,要拍下幸福中的家燕两口子,它们却不见踪影了,不知飞向何方。正是早饭时间,饿了一夜的肚子空瘪,小家燕等待食物。家燕是勇敢者,能迎风接雨,即便大风天,也会飞往远方,它和别的鸟儿不同。

我望着家燕两口子离开,向远处飞去,想在它们离开时,探望小家燕在窝中的样子。家燕窝在木屋檐下，离地三米多高，看不清里面的情况。在院子中没有找到梯子，只好搬来椅子，站到上面去，可惜高度还是不够。

有一年，我在大姐家住了几天，朝阳河在屯子边流过，不远处是五峰山，园中有许多鸟儿，屋檐下几个家燕窝。中午吃饭时，燕子从远处飞回，钻进屋檐下的窝中。我被人扶着，为了拍燕子窝，站到晃悠的桌子上，燕子发现人和镜头，扑棱翅膀飞走了。

这次和家燕近距离的接触，有了深刻印象。十几年后，我住进山间木屋，木板墙外就是三个家燕窝，我们成为邻居，一夜和平相处。当年看的那窝家燕同在长白山区，位置不一样，都留下美好的记忆。

清晨的长白山区，草木经过大雾清洗，一棵棵树蒸馏出大量水分。植物和小动物受益，又可净化空气，释放清新的负氧量子。一棵树流出几滴水，况且每棵树种类不一。我走出院门向右拐，去触摸龙须柳，感受水分多少。

普通翠鸟　周树林／摄影

第一辑　鸟儿肖像

披着鲜艳羽毛的猎手

晚饭后,老代来找我唠嗑,并拎来塑料桶,盛着在富尔河边捞的小虾。姐夫忙着收拾出来,虾在六月天容易臭了。院子里有个小亭,我们坐在木条凳上闲扯起来。老代自己做了只木船,对于这一带的情况,没有人比他更熟悉的了。他兴奋地说,甩弯处的林地有许多的普通翠鸟,可以拍照片。

老代六十多岁,身板结实,没有多余的赘肉,他说起山上的事儿,水中的鱼虾,话匣子便打开了。我让老代说鸟儿的故事,他说普通翠鸟的雄鸟,呈蓝绿色,胸腹带橙红色,眼睛两边有橙红状纹路,周围是白羽毛;而雌性的颜色暗淡,而且蓝色较多。

普通翠鸟单独活动,经常出现在水边的岩石或树桩上,如果水中出现鱼虾的踪迹,一个猛子扎入,叼住鱼虾。它在捕获猎物后钻出水面,甩落身上的水珠,并不马上吞吃。它们找一棵树摔打鱼,其目的就是摔死鱼,否则进肚子里,由于鱼不停扭动,身体会不舒服。

普通翠鸟有着极强的视觉调节能力,入水之后,就会调整为水下模式，以免光线折射，而出现视觉差，不能捕捉到鱼虾。

鸟类和哺乳动物相比较，它的眼睛更大，意味着超强的视力。鸟类的眼睛具有迷惑性，眼珠实际上看起来比外表大。视力好，可以免去飞行中不必要的麻烦，捕获移动目标或伪装的猎物。它们在天空中飞翔，在树林和大地上攫取猎物，主要凭视觉的判断。

普通翠鸟机智灵敏，发现猎物时拍打翅膀，使自己悬停紧盯水面，依靠自身重力，扎进水里捉目标。普通翠鸟不仅能上天，入水也是一把好手，俯冲速度极快，能入水下六十厘米左右，捕捉水中鱼虾。

六月，长白山区阳光充足，我来到富尔河边，找块石头坐下。背后是一片树林，戴好遮阳帽，等待水面发生的故事。

树林里传出鸟儿叫，听到麻雀声，四声杜鹃的鸣唱。这里远离城市，没有汽车的噪音，建筑工地机器的轰鸣声，奇特地安静。享受山野中的阳光，充满期待地注视水面，盼望一条鱼跳跃而出。清亮的声音响起，普通翠鸟终于出现了，打破水边的宁静，落在水面上空的树枝上。

老代说得不差，这里是普通翠鸟的领地，它在等待猎物出现，却不见采取行动。突然一声脆响，普通翠鸟发现目标，跳离枝头，垂直扎进水中。我回味发生的一幕情景，尚未琢磨出头绪，普通翠鸟已经冲出水面，飞回之前栖落的树枝上。水面泛起水波，一圈圈扩散，我不敢相信所发生的一切。

我从相机镜头中观察普通翠鸟，叼着挣扎的小鱼，把鱼朝树枝上摔打，多次重复一个动作，小鱼变得毫无动静。普通翠鸟将鱼头对准嗓子，吞进肚子里，经过这次亲眼所见，我对普通翠鸟有了新认识。

普通翠鸟的窝建在水域附近，做得隐蔽不易发现。产下卵，孵出小鸟后，两口子轮流养育，出去找食和保护领地的重任，要共同交替负责，它们以鸣叫传递信息。

普通翠鸟有着极强的领地意识，如有外来的鸟儿入侵领地，普通翠鸟两口子联手反击，直到把侵略者赶出领地。普通翠鸟巡视领地时，如果追赶入侵者，叫声会变得尖利而急促。而两口子交流时，叫声从响亮而刺耳逐渐变得低沉而柔和。普通翠鸟忠于爱情和家庭，实行一夫一妻制，因而获得赞美。

普通翠鸟的窝建在高处，可以避免祸患，等到孵出小鸟，又怕从树上掉下来，出于爱护，就把窝移到低处来。后来小鸟长出羽毛，窝做到低处，反而成为灾难的源头，容易被人捉住了。

我在林中走，听着各种鸟儿叫声，不时看到飞过的普通翠鸟，难怪老代让来这里。他说只要有耐心，就能拍到普通翠鸟。

前方十几米远的地方，普通翠鸟在枝上秀恩爱，雌普通翠鸟准备接受礼物。它们隔着一段距离，雄普通翠鸟似乎说着什么，一步步走近。天气晴朗，阳光充足的日子，林间和水边看到普通翠鸟，听它们的歌声，站在树顶上，悠闲自在地散步，高兴地歌唱。

我离开富尔河边，选择从林间穿过，回到木屋去。摘了一朵黄花菜，和老代学会了酱炒鸡蛋。

天空的流浪者

金腰燕　周树林/摄影

戴金腰带的燕子

六月中旬,我离开长白山区,回到家中整理照片,又看到富尔河边的金腰燕,这个家族有成员三十多只。画面富含诗意,左侧是河水,半山腰有两个泉眼,向山下流去形成控山水,汇入富尔河中。金腰燕在戏耍,一只俯冲下来,另一只斜插空中,它们在水边打闹,叫声委婉动听。

我在二十多米的地方,拍金腰燕欢快的情景,如同开舞会,每只金腰燕身姿优美,展示自己的演技,尽情地歌唱。盘旋的金腰燕双翅展开,在清晨的阳光下,气质与众不同,尤其金色腰带。

金腰燕为长白山区夏候鸟,在空中飞来飞去,与家燕混在一起。金腰燕和家燕长得差不多,飞行速度没有家燕快,叫声响亮。它们是和睦邻居,互不干扰对方,和平共处。

我住在富尔河边的木屋,隔壁板墙上有三个家燕窝。清晨推开门,走出木屋,一只家燕从窝中飞出,它看到了我,但仿佛没有感觉似的,该做什么就做什么,如同我不存在一样。在和人类相处中,彼此熟悉生活习惯,相信我对它没有伤害的意思。高兴地鸣叫,似乎在道早安,家燕的客气,让我心情快乐起来,想表示感谢,或用人类语言表达,说句早安,要不说起来这么早。

我站在木屋前的台阶上,观察电线上栖落的家燕。清晨天空下,家燕在这个时候,展现其美的姿态。

金腰燕的窝筑在木板壁上,入口较小,仅容一只燕子进出。它从水边衔来泥土,黏结做成窝,里面铺垫柔软的枯草、羽毛和棉纱,甚至一些碎纸。在养儿育女以前,窝要是遭到破损,金腰燕就会弃窝,另外营筑新窝。如果不小心弄坏入口,就会修复原状。

盖窝是最忙碌的,两口子共同劳作衔泥,施工时由于窝里空间小,不能同时干活儿,两口子依次交替进出。窝造出一半后,它们进入新窝,将在这里生活,也是生育后代的地方。

金腰燕实行一夫一妻制,是鸟类世界的婚姻模范。两口子形影不离,凭着辛苦的劳动,衔泥筑窝,搭建幸福的爱窝。金腰燕两口子一起盖窝,这是快乐的事情,雄金腰燕建窝时特别地卖力,鼓励妻子来帮忙,雌金腰燕更务实,知道该做什么,不该做什么。两口子寻觅建窝的材料,完成建筑的工作,雌金腰燕用歌声解除疲劳,对未来生活充满想象。金腰燕两口子落在窝前的电线上,进行亲密交流,又飞出去捕虫。生儿育女期间,入口的地面落下鸟粪,主要为雏鸟粪便。

第一只家燕飞出窝，不一会儿，又有一只出来。它们在空中撒欢儿，盘绕飞行，一会儿俯冲，发出平缓的叫声。通过声音在和家人交流，它们栖在电线上左观右瞧，欣赏美丽的晨光。呼吸清新的空气，排除体内残存的浊气，梳理羽毛，迎接初升的太阳。

我将离开长白山区，告别居住几天的木屋。凌晨三点多钟，天空亮透了，背上相机又去看珍珠门，走过珍珠桥，控山水比几天前大多了。到电站大坝约一千多米，路左侧是次生树林，右侧杂草丛生。

清晨雾大，太阳是白色的，四声杜鹃叫声清脆嘹亮，穿透雾气传来。我来到富尔河边的河滩上，捡了三块河卵石准备带走。

枯干的艾枝上，结了许多的蜘蛛网，形如红酒杯状挂着露珠。一群金腰燕在水面上空嬉戏，电站坝上工作房檐下，有七个金腰燕窝。

天空的流浪者

红尾伯劳 周树林/摄影

第一辑 鸟儿肖像

大头蛮子

清晨四点多钟,从木屋中醒来,窗外的鸟儿叫,一波波涌来。尤其四声杜鹃,如同吹着银色的笛子,把我从睡梦中唤醒。

我推开门,一股清新的风扑来,横跨院子的电线上,家燕两口子清理羽毛,梳妆打扮,开始新一天的生活。在山里睁开眼睛,看到的是长卷山水画,听不见汽车的噪音,呼吸带着湿润的空气。

山荆子开花季节,伞形总状花序,挂着白色小花,它是很好的蜜源植物,老人喜欢摘嫩叶代茶。红尾伯劳落到院子边的山荆子树上,唱起了晨曲。我睡意完全消失,被它的歌声点燃兴奋。急忙回身取相机,要拍下美好的时刻。

红尾伯劳给足面子,在山荆子树上卖力地唱着,时而变换姿势,让我拍了个够。我被原生态歌手打动,从内心发出赞美,道一声早安。在木屋居住的日子,每天清晨都这样,不是自然醒来,而是在各类鸟儿的呼叫声中,从梦中逃脱出来。

我没有洗漱,推开院子的大门,追寻红尾伯劳,向富尔河边奔去。屯子里很安静,还沉在睡梦中,我在街道没有碰上一个人，各家的烟囱见不到冒出的炊烟，只是公鸡打鸣声，不时响起，这是乡村清晨标志性的声音。

天气有点儿闷热，富尔河边湿气浓重，风不大，水面无一点儿波纹。老代的小渔船停靠岸边，拴在老榆树上。两只桨搭在船上，在休息状态中，等待主人的到来，它只有泊在河水中，才有了灵魂。

老代修的石台阶，一共有十几级，通向河水边。石台阶的缝隙间长出野草，不远处的草丛中，还有很大的黄花菜，这种野菜适合炒肉，在木屋居住的几天中，房东姐夫采回来，用鲜黄花和鸡蛋酱炒。野菜带着天然的清香，又有酱的豆香交融在一起，味道奇美，语言无法描述出来。

富尔河边的杂树林，不安静了，鸟儿栖在树上叫个不停。我站在最后一级石台阶上，听着树林中传来的声音，辨别是什么鸟儿叫。前方几米远的地方，发出一声响，一条大鱼，扭动身体向河中游去。

我欣赏鸟儿的鸣叫，听到了红尾伯劳的声音，无法准确断定是否是山荆子上的那只。我向树林望去，枝叶交织，不能看见发声的红尾伯劳，只好打个招呼，算是又见面了。

岸边生长着野艾、苇草和一片菊花。我蹲在水边，掬起一捧河水洗脸。水触碰皮肤，凉爽浸入身体中，忍不住深吸一口气。鼻孔中钻满水湿气，对皮肤有清凉的刺激，醒脑提神。老代的渔船落着阳光,听着河水的倾诉,渔船年头儿不少了,从船身辨出时间的痕迹。

我伸出右手在水中划动,注视荡起的水波,感受水的柔情。河水是真实的图像,是研究这条河历史的可靠依据,它是日常生活和文化的展示,表明历史人文和人间百态。我的手沉入水中,还未抽出来,红尾伯劳的歌声响起,引导我去赴它的邀请。

我甩了一下手上的水,离开富尔河边,返身走向石台阶。当有点儿微喘时,我已经走到坡顶,有一条小路通向树林。我在高处看着水中泊着的渔船,由于无风,船安静不动。

我向树林走去,不过一百多米的距离,听到林中传出鸟儿的鸣叫,红尾伯劳在众多鸟儿鸣声中容易辨别,声音比较单调。

红尾伯劳是常见的鸟儿,北方人称为虎不拉子,长白山区人叫它大头蛮子。它额头长着淡灰色或红棕色的毛羽,后颈为灰褐色。小眼睛的周围,有着浓粗的黑贯眼纹。它的喉咙到颈处为白色,锋利的嘴为钩形。

红尾伯劳在灌木枝上,翘着红棕色的尾巴,激昂有力的叫声十分响亮。红尾伯劳天生极具模仿力,学其他小鸟的鸣声,鸣声是美丽的陷阱,就是想利用鸣声诱捕。红尾伯劳在高处环顾四周,一旦发现猎物,就会发动猎捕。

红尾伯劳尽管体形小,但它有勇气,有胆量,它是嗜血的鸟儿,肉食能给予愉快的满足。它不惧怕喜鹊、乌鸦、红隼之类的大鸟儿，在林中霸王面前，无防守的意思，而是主动发起攻击。

红尾伯劳受自身的条件所限，猛禽的脚爪强悍有力，但有着自己的方式，表现凶猛的特性。它将猎物挂在树枝上，尖嘴撕食内脏和肌肉，一口口吞食。空气中弥漫血腥的气味，带着体温的猎物，在撕扯中渐渐冷却。红尾伯劳的神情冷漠，独自享受美食，这种情形和屠夫一样，所以人们又给它另外的恶名，称为屠夫鸟。

我在长白山区游历中经常与红尾伯劳照面，很难将其与嗜血成性联系在一起。我在树林中的每一棵树上寻找，看红尾伯劳是否又在下手，有惨案发生。走进林子不过几步，看到树下的梅花草，充满激情地开放，单生顶端的黄色花朵。梅花草是一味中药，能够清热凉血，解毒消肿，止咳化痰。

红尾伯劳又在鸣叫。循着声音向左前方望去，棕红色尾羽在灌木丛中十分显眼。我摘下一朵梅花草，闻着它的气味，把手中的梅花草，作为见面的礼物献上。

天空的流浪者

普通䴓 周树林/摄影

它叫蓝大胆

走进寂静山林,鸟儿的叫声吸引人,在风倒树上能见到蓝大胆。为了不惊动它的活动,我在老树后面架起相机,它发现以后,立马飞到树上,观察周围的动静。

我在长白山区旅行,在林子边老榆树上发现了蓝大胆,如它的外号贴树皮,它和别的鸟儿行走方式不一样。它贴在树皮上,大头向下,细尖嘴啄树皮上的虫子。

我来的时候,蓝大胆在寻找目标。蓝羽毛与树皮对比鲜明,叫声悦耳。细瘦的双腿,支撑肥圆的身体,憨厚惹人喜爱。我一步步靠近,想拍出效果更佳的片子,看到它肚子圆鼓鼓的,想必今天吃了不少的食物。

蓝大胆属于鸣鸟,身材小却相当灵活。它在树上如履平地,在各个角度跳跃,可以垂直爬行,或大头朝下倒立,啄开树皮,叼出树缝里的虫子。它之所以叫蓝大胆,是因为背和头部是蓝色的,胆子又大。人走近时不躲避,只是偶尔看一下,继续找食物,所以赢得外号蓝大胆。它们在生育期成双结对,过了这个阶段各走各的路;不喜欢和同伴在一起,而是混在别的鸟群中浪迹。

老代说次生林有一棵老榆树，上面有蓝大胆的窝，是利用树心的空洞。有一次，他趁着蓝大胆不在偷看窝内，垫有树皮和一些腐朽木块。他建议我拍这个窝，非常有特点。

蓝大胆的学名是普通䴓，还有别名穿树皮、贴树皮，这些名字是山野文化核心之一，是对家族的延续传承，也能表达出特定的地理环境。树皮成为蓝大胆的标志，也是个性的张扬。鸣唱时委婉动听，顺着叫声看去，蓝大胆在树上大头向下爬行。

蓝大胆在长白山区随处可见，活动于林缘，它的名字挺吓人，好似不要命的鸟儿。其不属于身强力壮，却怀有绝技，这是上天安排好的，会嗑松子，吃法独一无二。松塔比蓝大胆的身体都大，没有锋利的嘴，根本弄不动。能把松塔从树上弄下来的只有风和松鼠，人工打松塔必须借助器具，况且弱小的鸟儿。蓝大胆鬼精灵，它和人不同的是没有借助工具，而是在松塔没有被松鼠捡走前，用锋利的小嘴，把松塔里的松子一粒粒叼走，飞到附近树干上，把松子放在树缝里。很快松塔中的松子，被蓝大胆全部运走。这些松子变得安全了，躲过别的鸟儿偷吃，以至于蓝大胆自己都忘记了，后来长出新的红松树。

一条小路通往林中，树冠高耸，树上的疤痕和树皮，经过大自然的触摸有了灵性，充满神奇的力量。长白山区的春天，残留冬的痕迹，阳光穿不透茂密的林木，地上积雪的表层是硬壳，下面已经松软。林间幼小的松树，树叶翠绿，一棵棵相挨，感受不到压抑。

林间倒卧的松树，干枯的枝丫，表现出它曾有过的辉煌。从树的粗细推测出，至少有百年树龄，树上爬满白齿藓。我尽情享受美人松的美，枝头的蓝大胆，热情地打招呼。

松树是天然舞台，蓝大胆在表演，从树上倒立爬行，身子贴着树，难怪外号叫爬树皮。它叫了几声，便返身向上，低头在树缝间找食物。我向前走了几步，它瞅着我小心的样子，发出悦耳的鸣叫，似乎在说"来吧朋友"。等我马上就要到它面前，它小眼神闪着光，毛发蓬松起来。它的眼睛中毫无敌意，只是做了不友好的举动，发出一声不满，便展翅飞去。

我在林中转悠，听到蓝大胆的歌声在前面的树上传来。它是活泼的小鸟，栖居针阔混交林及阔叶林中，活动于村落附近的树丛中，鸣声悦耳动听。

当冬季到来，大多鸟儿南迁时，蓝大胆凭借胆子，留在漫长的冬季。大雪封盖的长白山中，给大森林带来生气，蓝大胆捉出危害的虫子，对树木起着保护作用。

天空的流浪者

四声杜鹃　陈夏富/摄影

光棍儿好苦

木屋外是屯子的街道,从右侧玻璃窗子,能看到所有的事情。门边上有一扇大窗户,望到远处群山。我住进来以后,从未拉过窗帘,每天清晨醒来后,便见外面的风景。

天色大亮,四声杜鹃叫声响起,恍若一颗情感炸弹,在木屋子中爆炸。我耳朵里溅满声音碎片,塞得不留空隙,食指伸进耳中,想掏出一块碎片,看一眼是什么模样。它真能叫唤,把我从梦中拉扯出来,睡意完全消失,无残存的痕迹。四声杜鹃叫声时远时近,在屯子边的树林中,又好似山野中传来。我向窗外望去,起伏的山脉环绕村庄,雾气在山间缭绕。

清晨鸟儿出窝寻找食物,这个时间段,在林子中容易遇上想见的鸟儿,不需要费力气。我一个朋友讲,有一天去桦树林,在草丛里发现受伤的四声杜鹃,左腿蜷曲,明显是腿折断。现在有野生动物保护法保护,没有人敢打野生鸟,腿是怎么断的?难道是为了偷情侵入别的领地遭受攻击,不小心失衡,摔下来后受伤?不知什么情况,也无法判断,惟一的办法,就是捡回家养几天。

四声杜鹃看见我朋友过来,拍动一侧羽翼,不知对方的善意，想救它一命。它看到人的出现，凭猜测对方是否要下毒手。几次要站起来重返天空，逃离面临的危险。由于伤势严重，不可能自由飞翔，多次努力都没有成效，不可能会成功。它明白这样的尝试，最终只是挣扎。后来不动弹了，眼睛中充满惊恐。

四声杜鹃无力反抗，只能任凭朋友抓住，发出不满的声音。淡灰色的眼睛，不带杂质的对视，眼神里的无助，却无恶意流露出来。

朋友发来图片，惊恐的眼睛看上去不舒服。朋友说，他开始找四声杜鹃喜爱的虫子，这是件麻烦的事情。后来杂事太多，我就没有再过问四声杜鹃的伤势如何。有一天，他在微信发图片，看到重新站立的四声杜鹃，说明腿伤治愈了。我为四声杜鹃祝福，早日回到生活的领地，在那里它才能快乐，并且有自己的伴侣和温暖的窝。

四声杜鹃不会造窝，而是将卵产在灰喜鹊窝中，由其代为养育儿女，就是所谓的"巢寄生"。我在富尔河的几天里，总能听到四声杜鹃的叫声，它的声音不用辨识，一听就知道谁来了。早就读过"鸠占鹊巢"的故事，很想在树林中亲眼看见这样的情景。

走出木屋，带上相机、望远镜和遮阳帽，进山里有讲究，脑袋不能光头，一定要戴帽子，否则意味着不吉利，进山一无所获。我买了军绿色的帽子，颜色和林中的调子相配，不惹鸟儿的注意，如果是别的颜色的帽子，在林子里显眼。

接连两天的清晨，追踪四声杜鹃的声音，在通往红石砬子的树林中，没有找到它的踪迹。一般情况下，它在林子的梢头活动，躲在枝叶密实的树冠中只叫不动，很难看见其身影。第三天，绝望的时候，准备放弃寻找的行动，因为明天将要离开木屋，回到城市中去。

我踏着清晨的露珠，又一次来到树林，做最后的尝试，举起望远镜在每棵树上搜索。在镜头中察看到四声杜鹃，这是只幼鸟，尾巴还没有那么长。倏然发出一阵响动，树枝有些晃动，一只灰喜鹊飞来，两只鸟嘴对嘴喂食。这是人们所说的灰喜鹊做养母，喂养四声杜鹃的孩子。

四声杜鹃是流浪歌手，游动性较大，没有自己的领地，它的个性机警，受惊后快速起飞，长距离飞行。四声杜鹃是夏候鸟，六月里每天能听见叫声，它在林中躲在深处，往往听到发出的鸣声。四声杜鹃是林中孤寂的鸟儿，它受晨露的滋养，带着清纯的气质，超凡脱俗。

天空的流浪者

三宝鸟　周树林/摄影

以飞行求爱闻名

三宝鸟栖在树顶上,或在空中绕圈飞翔,上下翻飞,并发出嘎嘎鸣叫。它在谈恋爱时,以飞行求爱而闻名。

十几年前,我在长白山自然博物馆中看见过三宝鸟。博物馆是普通建筑,没有华丽的装饰,也无传统建筑的雍容富贵,从门楣的匾牌才能知道,这是长白山自然博物馆。很难相信不起眼儿的建筑物,能容下一座山色。

我走进博物馆中,里面游人稀少,大厅响起脚步声,展厅的石头、树木、飞鸟、走兽,弥漫山野的气息。它们经过大自然的磨砺,是天地造化的神灵。

三宝鸟以蓝绿色为主,头部和翅膀黑褐色。鸟儿不是环境的传声筒,谁都拿过来喊两声。它们的羽毛彰显种族的特点,各种鸟儿有着不同的处世风格和情感的表达方式。鸟儿的叫声在山野中,极具个性的展现,留下巨大的想象空间。

三宝鸟在林缘、路旁和河边搭窝生活,在空旷地上活动。它是会享受的鸟儿,白天懒在窝中,选择清晨和黄昏出来,这时阳光不那么充足,使它躲过太阳照晒。

三宝鸟脑袋大,黑羽毛风格独特,与众不同。飞行速度缓慢，或向上飞，或急转直下，在变化中做出高难度动作。这种姿态多在自己领地的上空，从树木间穿行，这是常见的巡逻飞行。三宝鸟生育期间巡飞，两翅扇动，极其平稳，不适宜于长距离飞行。每次回窝时，自空中向下俯冲，所采取的动作，身体与翅膀呈三角形，翅不振动。

走出长白山自然博物馆，天色有些暗淡。在近处白皮松林中寻踪三宝鸟，而不是馆中的标本。博物馆中的鸟体内安装铅丝做支架，以便支撑鸟体，然后塞满棉花。安装的义眼是透明的玻璃，根据鸟的虹膜，用油画颜料涂上相应的颜色，熔点儿石蜡将颜色盖上。鸟儿标本没有生命的迹象，无法发出清亮的叫声，漂亮的羽毛不能再经受阳光的抚摩，历风淋雨的打磨。天空不会出现它的身影了，也不再会发出嘎嘎的叫声。

五月大地野花开放，正是三宝鸟生育季节，它们在针阔叶混交林林缘，水曲柳和大青杨树上的窝中养育后代。三宝鸟不会挖洞，因此选择啄木鸟遗留下的树洞，在民间三宝鸟被称作老鸹翠，它时常犯事，有着占有喜鹊窝的流氓习性。

长白山特殊的地理环境，每年候鸟都是有顺序的迁徙。五月时节，三宝鸟从南方归来，同来的有杜鹃类、雨燕类、灰沙燕、毛脚燕、黑黄和斑胸短翅莺。

三宝鸟生活在针阔混交林带，那里有长白落叶松、鱼鳞松、红皮臭松，以及数量不多的紫杉，阔叶树有春榆、胡桃楸、大青杨、蒙古栎、山杨、水曲柳、白桦。混交林内的灌木丰富，有毛榛、刺玫、忍冬、刺五加、卫矛、接骨木、悬钩子和蔷薇。

针叶树和阔叶树随着海拔高低有规律的变化，越往高处针叶树越多，而阔叶树相对减少。这一带地形平缓，气候相对温和，变得湿润起来，混交林下的山地土，适宜植物的生长。往往形成小片群落，可达一米多高，矮的仅有十厘米左右，有木贼、山茄子、蕨类、掌叶铁线蕨、阴地苔。群落结构复杂，森林密实，树干受环境影响变得高大。植物的盛大，野生动物的食料富裕而多样性，使生物种类较多。

我遇上三宝鸟，是在去红石砬子的路边，右边是奔流的富尔河，左侧是杂树林。独自在林中转悠，林间有一片空地，听到富尔河的流动声，透过树林传来。

从走进林子内，我就在树上寻找三宝鸟窝，不时有讨厌的蚊子，嗡嗡叫着袭来，急忙挥手轰赶，免得被叮一口。在林间看不清脚下的路，"扑蚂蚱"行走，这是跑水边人都会的老话，指路面不平，走起来不平稳。有几次险些被灌木绊倒，相机几乎脱手，急忙挎在脖子上，免得摔出去损坏，走进林中要格外小心，也无法走快。

我瞧见黄瓜假还阳参，小黄花上伏着长白山中蜂，俗称野山蜜蜂，在疯狂地吮吸花粉。走到跟前蹲下身子，看到它的小模样。舌状小花呈黄色，与苣荬菜相似，仅从外观上看，一般很难区分，在民间作为野菜，还是中医药材。野山蜜蜂向远处飞去，响起三宝鸟的鸣叫，有些急促不停。我猜想它发现野山蜜蜂的行踪，这是准备猎获前的信号。这是三宝鸟的领地，既然野山蜜蜂来，它不可能轻易放行。做好向下俯冲的准备，别看野山蜜蜂这么小，绝不会逃过它的眼睛。它终于出现了，羽翼均匀有力，响起嘎嘎的粗粝叫声。

林中树叶茂密，隐藏着多少故事，这是鸟儿的天堂，麻雀从树梢上飞过，在树林里游荡。我听到林子传来鸟儿的杂乱声，似乎在发生一场争斗。三宝鸟追赶喜鹊，叫声纠缠在一起，这是一场包围式的追击，喜鹊要越过这块地方。它闯入三宝鸟领地被驱赶。喜鹊逃走后，三宝鸟栖在树枝上，叫声不那么急促了。

凌晨三点二十分，窗外一片大亮，我和老代约定四点钟去看珍珠门，顺路瞧富尔河边的三宝鸟，那地方鸟儿多。

我们走过珍珠桥，穿过电站的大坝向东拐，走过五百多米，穿过杂草丛生的小路，附近长满野艾、蚊子草、白屈菜、野茼蒿、拉拉秧、灰菜。

清晨雾气缭绕，太阳是白色的，如同月亮一般。我问老代这是月亮，还是太阳，他说是太阳，由于雾的折射，过一会儿就好了。大自然中有一支庞大的乐队，它们演奏的乐曲，不是室内的曲子。音乐的音域宽广，树木是二胡，白桦树是笛，风声是和弦，水声是古筝，山野是谱，飞鸟是歌唱者。在天空的背景下，在大地的舞台上，上演大型民族音乐会。鸟儿的鸣声，在长白山中响起，把山里的一切元素调动起来，组成一部交响乐。清晨四声杜鹃叫得清亮，也传来三宝鸟的歌唱。

第一辑 鸟儿肖像

第二辑

自然隐士

天空的流浪者

大嘴乌鸦　周树林／摄影

大嘴巴的掠食者

老秃子顶的西北方向,有一条干饭盆溪,跌宕多端,水声清脆,被蓬乱的枝叶掩藏。路边有当年日本人留下的炮楼,七十多年过去了,现已经残破不堪,窗框子不见了,只留有一个个破砖洞。我和友人停下车,去看历史的遗物,这是当年日本人侵华的铁证。

我被溪边的马兰花吸引,在对岸开得艳丽,灌木和草丛中生长着老鹳草、榆树、马鞭草、车前子、野艾、甘青铁线莲、小蓬草、黄瓜假还阳参、鼠尾草……

天空传来大嘴乌鸦的叫声,老人们认为碰上不吉利,吐三口唾沫,在地上跺三脚,可以消灾避邪。我去摘马兰,听到大嘴乌鸦凄凉的叫声,在干饭盆溪边摔了个腚墩儿,因为路面和土坡接触处悬空。我坐在地上向天空望去,寻找发声的大嘴乌鸦。

木栈道有八百多米长,一级级往上登,也算省了许多力气,不一会儿,身上开始出汗。我一路攀登,在树木中寻找乌鸦的踪迹,只能听到哇哇的叫声。木栈道外是树抱石,树根贴住岩石生长，随着时间的流逝，树长大起来，将石块包住，形成包石的现象。

老秃顶子山天气变化无常，电闪雷鸣经常出现，有许多被雷电劈断的树木。在东北民间，老百姓认为是上天所劈，它是一种避邪物，作为镇宅法物。

走到半山腰有处休息区，摆放一排木条椅。这里海拔六百多米，在高处望去，可见松树和桦树相依的情景。松树如同美男子，桦树似漂亮的姑娘，它们仿佛情人幽会，在柔情蜜语中，上演一出松桦恋。

松桦恋奇观，在长白山一千多米处才能见到，西坡下是岳桦林与针叶林的分界林带，它们互相依存，而后各奔东西。往上去为岳桦林带，向下是针叶林带，大自然是神奇的，即将分手时，不忍分离的痛苦。两种树依偎，根和根交织在一起，枝和枝拥抱不离，共生共长，创造出松桦恋的奇观。

我在秃顶子山上，又一次看到松桦恋，感受自然界的奇景。胳膊支在栏上，起到三脚架的稳固作用，相机对准松桦恋。我在影像传感器察看图像，远处传来乌鸦叫，抬头看去，大嘴乌鸦背对阳光迎面飞来。

我转过身对着逆光晃眼，看到穿越光线的大嘴乌鸦，还是有些激动，走进山里这么长时间，听到大嘴乌鸦叫，老百姓流传一句歇后语："乌鸦落在猪身上——只看见猪黑不见自黑。"

一个黑字，道出乌鸦的本性。

　　大嘴乌鸦具有敏锐的目光，也有特殊的嗅觉。即使在杂草中的腐肉，冬天雪地上的肉渣子，它都能发现目标。要是在牲口厩棚的地方，大嘴乌鸦会落到食物附近，不是马上奔向目标，而是先观察自己看到的食物真假，再判断是否受骗上当。大嘴乌鸦够情意，讲究有福同享，它突然飞走，随后很快带着同伴回来。它们来到此处，并不急于捕食，在等待中，两只大嘴乌鸦落在食物不远处。对四周进行查看之后，放心走来，叼着食物展翅飞走。

　　少年时代，我在长白山区姥姥家，每年快到过年杀年猪，大嘴乌鸦的嗅觉灵敏，早已落在对面山的树枝上，发出粗粝的哇哇声。当地人不喜欢大嘴乌鸦。姥姥家的邻居，他是满族的黄旗，对乌鸦有特殊感情，因为乌鸦救过先祖努尔哈赤。他家不戴狗皮帽子，经常供乌鸦食物，每次吃肉，挂一些肉在门前的柴垛上，乌鸦很快发现目标，叼走挂着的肉。

　　每年假期，去小镇的姥姥家度过。特别是寒假，四周环绕的山冈，披着银白的雪装，每一棵树落光叶子，鸟儿落在毫无伪装物的枝上。这个季节，最显眼的是大嘴乌鸦，它们个头儿大，而且扯嗓子嚎，声音在山中回荡。站在姥姥家门口，经常看到对面山头上，光头的树上，有一片黑压压的大嘴乌鸦，不断发出叫声。时而飞向空中，齐声大叫，又落到原来的位置上。

我和三舅去取菜，菜窖在后山坡上，去的时候，三舅带上土篮子。这是东北装东西的筐子，由柳条编织，耐磨抗造，家家户户都离不开。

　　我们走出家门，三舅把土篮子挎身上，戴上棉手闷子。一场雪后，天气并不冷，满山遍野一片洁白，炫人眼目，冬天扑面而来。鸟儿叫声清脆，大嘴乌鸦黑压压一片，在远处山头聒噪，凄厉声压过其他鸟儿的鸣叫。大嘴乌鸦名声不好，人们出门碰上它，被认为不吉利。三舅在前面蹚雪，雪有尺把深，走起来雪钻进鞋里。我们俩很少说话，只有踩雪的吱嘎声，吐出一缕缕哈气，脸颊一会儿就冻红了。

　　由于距离太远，又是逆光拍摄，并且大嘴乌鸦总是飞动，对于我这个业余爱好者，难度极其大。大嘴乌鸦在空中消失，叫声不断响起，却找不到它栖身的地方。护栏外有桦树林，我凑上前去寻找"鹊路"，满族人在长期狩猎生活中，总结出"鹊路"，即在山中不迷路的经验。乌鸦是留鸟，一年四季都在长白山区生活，飞行有规律，不像别的鸟儿似的乱窜，白屎是留下的痕迹。满族人根据乌鸦和喜鹊的白屎辨别所在方向，在长白山中从不迷路。乌鸦是满族人的信使，他们在狩猎和征战中，把孵雏的乌鸦一起带走，它在这个时候，无论走出多远，都会飞回老窝。满族人将信件让乌鸦带回，它不辞劳苦，准确找回自己的老窝，同时传递信件。满族人崇敬指引方向的乌鸦，捕获猎物以后，将剩余的内脏和骨头挂树上，让成群的乌鸦飞过来吃食。

我在桦树上找了半天，尚未发现乌鸦白屎，也许是未来过，或是前两天的一场雨，洗净树上的痕迹，无法查出任何线索。向大嘴乌鸦出现的方向望去，天空什么都不见，只有阳光洒落。

山顶放牛的人都是八里沟村民，五月把它们赶到山上，直到十月赶下来。村民就会每天到山上放盐，因为牛除了吃草以外，还要补充盐分。牛耳朵上都有标记，所以不会被认错，如果放盐时牛不及时赶来，村民便以独特的声音召回它们。

老秃顶子是长白山龙脉核心区域，俯卧在东南部，在清朝时被称为老龙岗。老秃顶子海拔一千四百三十八米，山顶约有十八万平方米的草甸，高山草甸，又称为高寒草甸。在寒冷的条件下，发育在高山的草地，不可能称其为草原。山上植被是多年生的草本植物，群落结构不复杂，层次不明显，植株低矮形成平坦的植毡。山顶不长树木，但生长着很少见的岳桦林，只有在长白山一千米以上才能看到。

老秃顶子，名字取自山顶草甸子，山上长满丰富的树林，在这里突然停止。出现在眼前的是低矮麦草覆盖的草甸子，它与野草、树木形成鲜明的对比。

我在山顶听到鸟儿叫声，分辨不清是什么鸟儿，四处寻找大嘴乌鸦，只能听其声。几只苍蝇看到有人来，似乎闻到气味，不断在身边围着转,发出讨厌的嗡嗡声。胳膊在空中挥几下,轰赶不受欢迎的小虫子,想不到在高山上,还有它们的影子。乌鸦声音再次响起,通过哇哇的叫声判断,应该在附近。

大嘴乌鸦的窝搭在针叶树上,距离地面有十几米,紧贴主干的侧面,极具隐蔽性。材料以乔、灌木以及粗糙枝条为主,虽然简陋但不松散,内垫大多是杂草根系、山猪毛、兔毛和马尾。大嘴乌鸦每窝可产三至六枚卵,卵天蓝色、淡蓝色或蓝绿色,上面有锈红色的斑点。

山上视野开阔,一眼望出去很远,几个大石块堆在山顶中间。大自然施展出鬼神之手,其技艺高超,不是人力所能达到的。在山上有棵古树保护牌,标注树种:枫桦;树龄:一百八十年;等级:三级。苇沙河国营林场。草甸子边缘是冷杉林,而且有一棵桦树,树皮全部剥落,已经枯死。

我在林中树尖上搜索,发现冷杉树上蹲着大嘴乌鸦,左瞧右看,不时发出叫声。赶紧向前走去,做好拍照的准备,脚下不敢太急,怕弄出动静惊起乌鸦。我们相距二百米,还是想近一些,拍出的片子更清晰。天空之下,空荡荡的草甸子上,尽管我小心行走,估计凭乌鸦的锐眼,早已发现这么大个目标,况且连个遮掩物都没有。只是乌鸦给足面子,让我放心拍照,在距离一百米的地方,实在不能再往前凑了,怕大嘴乌鸦会飞走。我摁动快门连拍。

大嘴乌鸦哇哇大叫，和我听过其他鸟儿的鸣唱不同，它是刺耳的声音，不和谐的调子，听后很凄凉。如果在山野中听见这种声音，感觉身上起鸡皮疙瘩。大嘴乌鸦习惯鸣叫，在鸟类中属于壮汉，它长着白色颈圈，黑羽泛着紫蓝色的光泽，翅膀比尾巴还长。在山林中穿行，寂静的景象不时变化。一朵鲜艳的野花，一块怪石出现，风倒木上爬满白齿藓，使我内心充满激情。各种鸟儿的叫声，吸引人的眼睛，寻找发声的地方，鸟儿的翅膀载着歌声，在林间四处播送。但林间不是永远抒情浪漫的地方，也潜伏着危险。

拍下几个镜头后，心中有底，胆子大起来了。当我往前走出两步，站在冷杉顶尖上的大嘴乌鸦，一声大叫飞向空中，在林间消失。

天空的流浪者

戴胜　周树林/摄影

第二辑 自然隐士

有烟嗓儿的歌手

　　晨雾缠绕山间，委婉飘逸，流动起伏。空气中湿漉漉的，脸上湿润，脸颊残存的夜气被清洗得干净，根本不需要洗脸。

　　今天去看红石砬子，走过珍珠门桥，一路呼吸清新的空气，听着雾气中传来的鸟鸣声。四声杜鹃的声音穿透力极强，在雾中高速滑行。我走出不过一里多地，来到苞米地前，被飞起的野鸡吓了一跳，看见野鸡扑棱翅膀飞去。

　　我在苞米地边的杨树上和戴胜相遇，它并没有失去常态的慌张逃跑。它瞅了一眼，发出几声咕咕，从树上飞起。飞了不远又落地上，逗引我走过去。它是在友好地邀请，还是故意逗弄我玩儿，不管怎么样，人总不能让它戏耍。我避免发生误会，还是有礼貌的放轻脚步，带着友好的步子凑近。我是生态主义者，只是想拍张照片，无伤害的恶意。戴胜讲究场合上的礼节，分寸把握合适。我向前走一步，它往前走几步，迈着自信的步子。它的表现令我激动，动物学家说过，动物和人一样有道德标准，有丰富的感情，戴胜的表现，证明动物学家的言论。

　　我和戴胜相距不过五六米，看到它头上的冠，这么近的距离，未闻到它身上的臭味。在大自然中，鸟儿有生存的法则。

为了保护后代不受天敌攻击，戴胜将粪便涂在身上、鸟蛋和鸟窝中，很多动物无法忍受其味道，便不再接近，戴胜便安全了。在哺育幼鸟期间，它从不清理雏鸟的粪便，而是将粪便抹在小戴胜身上。戴胜尾部腺体排出黑棕色的油，把窝中弄得又脏又臭，便落下臭姑鸪的名声，也就是人们所说的，既美丽又恶心，因此也很少有人将它当宠物养。

跟随着戴胜，它走几步停下，然后又向前走。我掌握节奏，它走我走，它停我停，绝不做出过激的行为。就在心中高兴的时候，以为和戴胜交上朋友，但突如其来的变故让我原来的希望完全落空，破坏好心情。戴胜一个滑跃式起飞，向空中奔去，躲进树林中。

戴胜是普通鸟儿，对生存条件没有过多要求，能适应多种生活的环境，绝不挑肥拣瘦，在山区、平原、林中、草地、农田和村边都能生存。戴胜叫声有风格，三声一节拍，音速很快，高低起伏。戴胜的长嘴，可以吃各种昆虫，很少祸害庄稼，是消灭害虫的益鸟。

戴胜背着不好听的绰号，民间称为棺材鸟。以前农村都是土葬，棺材木在土中埋的时间久了，就会腐烂掉，而且生出虫子成为它的食物，所以被叫作棺材鸟。

野鸡飞走了，戴胜也飞走了，好心情跌落到低点。我只好离开苞米地，继续恢复行走的路线，去看红石砬子。原来是人们踩出的毛毛道，方便来往，秋天运送地里的庄稼。去年为了旅游开发，修建一条水泥路，直通红石砬子脚下。路面修好以后，附近的鸟儿减少了，可能是阳光下水泥路面反光，鸟儿的眼睛怕光刺激。林中传出各种鸟鸣，四声杜鹃的中音，苏鸟的浪漫抒情，戴胜咕咕地自语，麻雀的絮叨声……这些悦耳的声音，好似在开一场音乐会，让耳朵尽情享受。林子边长满榆树、白车轴草、玉竹、牛蒡、野艾蒿、风铃草、山刺玫、大籽蒿、茵陈蒿，草的清香羼杂在一起，被晨露染湿，弥漫在空气中，呼吸起来十分舒服。

戴胜独来独往，只要发现成对活动，可能是在热恋中，在地上慢步，一边走着，一边不停地觅食。它们受到惊吓时逃到树枝上，飞行时翅膀起伏，波浪式的行进。一般情况下，在地上寻找食物时，羽冠张开，受惊后收起贴于头上。戴胜性情较为温和，随着叫声羽冠起伏，颈部伸长而鼓起的头向前伸。

戴胜生育时期，性格不同于以往，为保护领地而与别的鸟儿争斗，两方怒视中，一步步逼近。戴胜高耸羽冠，嘴向下伸，保持进攻的准备，运足力气，准备以高昂的斗志赢得胜利。争斗中，双方全凭英勇的精神，没有后援的支持，胜者为王，败者为落寇，只能夹着尾巴麻溜地逃走。不可能有谈判的机会，或者双方退让一步，保持和平互不侵犯。

六月是长白山区最好的季节，搭建新窝，进入恋爱的时光，和恋人漫游于林间,在快乐中,情感越来越深厚。新窝竣工完成,只等入洞房度蜜月,生儿育女繁衍后代。窝建在林缘或路边的树洞中,这是啄木鸟的弃洞。有的安置在农田地区,废弃房屋墙洞和岩壁缝隙间,甚至于干树枝堆下产蛋。

在天空背景下,戴胜在枝头唱起歌,我停下脚步,不愿被戏弄的事情发生。水泥路与树林有一段距离,但戴胜的歌声,听起来让人心动,这次绝不贸然行动。我去看红石砬子偶遇戴胜,不是特意拜访。它不断发出咕咕声,借助镜头望去,只是很小的一团。

天空的流浪者

普通鵟　周树林 / 摄影

绰号土包子

普通鵟天生就是肉食者,它们由父母共同喂养,残酷的竞争不是在大自然中,而是在窝内开始。幼鸟的成活率不到一半。经过一个月左右的窝中养育期后,小普通鵟就能飞翔并离开窝中。

农家院外是稻田地,稻子收割光了,仍然有散落的稻穗儿遗落地里。一些小动物,也抓紧好天气,来这里抢收食物,以备度过冬天。

吃完午饭,走出院子大门,准备去看兄弟峰。走出不过一百多米,就看到枯树头上,栖着普通鵟。

普通鵟有大将风度,沉稳不动声色,什么都逃不过它的视野。它栖息于山地和林缘地带,在旷野、开垦的耕作区或村庄活动。收后的稻田有许多老鼠洞,老鼠经常出来抢收稻穗儿,运回洞中贮备。它们符合普通鵟的胃口,一个高速俯冲,张开锋利的爪子,逮住不要命的老鼠,饱餐一顿。

普通鵟是大型肉食鸟类,蹲在枯树上,俯瞰每一处细小的变化。毫不费力地乘气流滑翔,停在空中寻找猎物,时而翱翔,时而悬停,在上空侦察猎物的举动。地上老鼠跑过,普通鵟猛扑过去。猛禽的视力要比人类的视力高八倍，眼中视觉细胞的数量是人类的六倍，爪子大而锋利，是捕获猎物的好武器。

我注视着普通鵟，它是这里的王者，可以随意去任何地方，不会受到动物的攻击。大自然的法则极其严格，每个动植物必须遵守，否则就有灭顶之灾。普通鵟性情机警，视觉敏锐度高，擅长飞翔。飞翔时展开翅膀，略向上抬起，短而圆的尾羽展开，如同打开的扇形。

我在收割后的稻田边，望着地中留下的稻茬子，一群麻雀不放过任何机会，在地上捡食稻粒，饱餐一顿。由于我的走动声，遭受惊吓的麻雀"轰"一声，黑云似的掠起而去。普通鵟飞行缓慢，发现捕捉目标，便低空俯冲，它栖息在树上，也在高岗上观察，需要耐心等候猎物，飞翔时发出恫吓的鸣叫。从天空黑点和叫声判断普通鵟来了，并不是我吓跑麻雀，而是大魔鬼来了。所以麻雀也不傻，三十六计走为上策，如果继续不管不顾地吃，面对普通鵟的钩嘴，不论从速度和力量，都不是它的对手，都会成为普通鵟的食物。

普通鵟是这片土地的王，自然有王者的风范，不会失去尊严，对几只小麻雀穷追猛打。这个情景，让别的鸟儿看见，会遭到嘲笑，背地里大骂，欺负小家伙。它栖在枯死的白桦树顶端，坐佛般地观望。普通鵟居高临下，一旦发现猎捕的目标，便会启动攻击，发出"叶儿叶儿"的鸣声。

我站在稻田边上，不想冒犯大王。我们应该和平共处，互不侵犯，真打起来未必能打过它。以普通鵟的视野，早就发现了我的存在，只是不愿意搭理而已。

我在百米开外，离得这么远，似乎感觉到它翅膀产生的气力。听到老鼠吱吱的声波，在稻田地上空扩散，接收到信号的普通鵟躁动起来。目标在自己的领地内，决不会轻易放过，否则丢失王的尊严。它是独霸一方的大王，因此做事情从不轻举妄动，而是只要行动，一招致命，决不会给对方逃生的机会。它判断老鼠踪迹，突然从树上起飞，向着目标奔去。飞行时似乎静止不动，从变换的背景看出，普通鵟锁定老鼠，在高速飞动中，向惶恐的老鼠扑去。

我在看一部大片，普通鵟以硬汉形象凸显，凭着强有力的身体，一双铁爪，钢钩嘴征服天下，在这片土地上建立法令，并成为王者。这部大片表现王者捕杀的精彩片段，一路追踪，由此开始惊险情景，呈现普通鵟的生活状态、使命和尊严。普通鵟灰白色的翅膀，在阳光照射下，映衬飞羽外缘的黑色曲线。

我回味刚发生的一场生与死的故事，回味每一处细节。普通鵟结束战斗，又回到枯干的白桦树上，和过去姿态一样，孤傲地俯视稻田。它一动不动，对于我的存在，根本不在乎。

柳串儿　周树林/摄影

天空的流浪者

柳串儿

山里人都认识柳串儿，它的学名为黄腰柳莺，属于小型鸟儿。人们呼之柳串儿，通俗易记，带着山野的气息。

柳串儿是帅气的鸟儿，上体橄榄绿色，头部中间嵌着淡黄绿色纵纹。腰部有黄带，翅上有两条深黄色翼斑，腹部则近白色。一举一动有着贵族的风范，这种气质在山中，令人心情欢畅。我在乡下姥爷家，小伙伴教我认识了许多鸟儿，其中就有柳串儿。伙伴当时很得意地说，柳是柳树的柳，儿就是儿子的儿。每天我们在山中玩耍，看到头顶黄绿的柳串儿，在林间飞来飞去，叫得不讨人嫌。

柳串儿习惯于活动在树顶枝叶间，经常和其他柳莺种类混在一起，以我的观鸟经验，分不清其与黄眉柳莺的区别。柳串儿生活在针阔叶混交林，从山脚平坦的地方，一直到山上林缘稀疏地带，都可以见到它们往来。柳串儿跑单帮，也成群结队在高大的树冠层中。它身体弱小，但行动异常敏捷，在枝叶间寻觅食物，以昆虫为主。

一个暑假玩儿疯了，每天在家中的时间不多。我和柱子满山野地探险，去高粱地打乌米，它的学名称不育株，是高粱、玉米在孕穗儿时生的黑穗，可以食用。近年高粱、玉米种子培育的技术提高，大都是高抗黑穗病，所以乌米已经很少见了。高粱以东北各地为最多，一年生草本植物，秆儿较粗壮，叶舌硬膜质，边缘有纤毛。高粱可食用，穗儿能制笤帚，叶嫩阴干贮存，晒干后作牲口的饲料。

少年时，我暑假来到符岩山区，对于山里的一切都感新鲜。第二天，姥爷给我介绍几个同龄的小伙伴，他们带我打乌米。八月的乡村，高粱长得一人多高，望不到边际。我和柱子钻进高粱地，弄得叶子哗哗作响。柱子年龄稍大，他耐心地教我如何打下乌米，打乌米要准确，不能乱扒高粱包，扒一个，就等于瞎一穗高粱。打回来的乌米呈灰白色，它能生吃，也可以带叶子烧熟，或放在锅里蒸，拌上黄豆酱，味道独特。乌米成熟就不能吃了，变成黑色的微粒，一敲打便放出黑烟。

打乌米不是好活儿，是一件苦差事，高粱疯狂地生长，一个劲儿地窜，它到了打苞秀穗时，一般在两米多高。小孩子钻进高粱地，立即被淹没了，四面是高粱叶子，密不透风。叶子如刀片一样，刮到汗湿的皮肤上，拉出一条血印子，汗水一蜇痛痒难耐。

当地有句顺口溜："顺着垄沟走，抬头瞅，见到大肚就下手。"通俗易懂地说出打乌米的全过程，让我至今仍记得。正如顺口溜所说，沿着垄沟找乌米，抬起脑袋向上看，左观右瞧，盯着一株株高粱穗儿，看哪棵没有抽穗儿，那肯定是乌米。

我钻进高粱地时，一阵柳串儿叫声传来，以为藏在地中。我想抓住这只鸟儿，便乱撞高粱秆儿。柱子有些不高兴，说这样就把高粱破坏了，到秋天收不到粮食。我们交往半个多月，每天在一起玩儿，从来没有见过他生气的样子。他说柳串儿不可能在地中间，它在外面的树林中，一会儿出去，再去那里抓鸟儿。高粱地以外，不远处是针叶林和针阔叶混交林，柳串儿常活动在林缘处、柳丛或道边的灌木丛中。

每天听到柳串儿的叫声，碰面的时候不多。它的个头儿小，站在树顶上，被枝叶遮掩起来，一般难以发现。我们从高粱地出来，拿着几个乌米，又听见它的叫声。想起刚才柱子生气的样子，他不提抓鸟儿的事，天气不早了，到吃午饭的时间，两人往家中走去。

天空的流浪者

北长尾山雀　周树林／摄影

第二辑 自然隐士

穿燕尾服的鸟儿

我在鸟儿的吵闹声中睁开眼睛,姥爷早已起来去牛棚,他放着生产队的十几头牛。向窗外眺望,浓雾笼罩山冈。

敞开的窗子,涌进湿润的空气,扫清残存的夜气。我坐在窗台上,抱住蜷曲的右腿,背倚窗框,望着院子外的山冈。障子边的树上,北长尾山雀高兴地鸣叫,同伴在另一棵树上对唱。北长尾山雀体形小,嘴短而粗,身体胖乎乎的,尾巴相对较长,能占到身体一半。其羽毛蓬松,如同烫过的毛发。

北长尾山雀叫声细弱而短促,连续鸣叫很少变化。它的喉鸣肌不如别的鸟儿发达,气管壁相对较薄,肌肉细弱。我向北长尾山雀喊一声,毫无任何反应,不受外界影响,按自己的行事方式去做,尽情地叫嚷。我对于北长尾山雀的叫声闭着眼睛都能辨识出来。它是我来屯子后,小伙伴教我认识的。原来对鸟儿的认识很少,无非喜鹊、苏巧儿、蓝大胆、麻雀、家燕。这种长尾巴的鸟儿,长得比麻雀惹人喜爱,而且鸣叫声不让人讨厌。看见姥爷挑着水从井边回来,后面跟着大黑狗。

我在山野中疯狂地玩耍,只有到了饭点儿,才能安静一会儿,回家吃饭。障子上落着普赤蜻,复眼下方有黑色的额基条,沿复眼的边缘朝下延伸。翅痣黄褐色，前胸黑色，并有黄斑，合胸前方则是赤褐色。蜻蜓为了生存各自有招儿，或停栖式、巡弋式、盘旋式，占据自己的领地。停栖的位置与姿势，和不同环境有所关系。每只雄蜻蜓都会在一定的范围内称王，成为一方霸主，这不是白捡来的，而是与其他蜻蜓经过争斗，所取得的领地。普赤蜻样子可爱，姥爷怕我想家，变着法子让我高兴。他找一根秸秆，顶端劈开一段，中间横一截，做成三角形状。然后到房檐和墙边，在上面滚蜘蛛网，做成抓蜻蜓的套子，用起来效果好，不用在后面追赶。

每天和小伙伴们在山中游荡，不断发现新东西。几天的山中生活，让我爱上这片土地，认识北长尾山雀，每天都能和它见面。

北长尾山雀是以家族为主的鸟儿，小伙伴说，冬天时大雪封山，能看见几十只北长尾山雀聚在一起，在山坡上发出鸣叫。长白山区冬天，气温可达零下三十多摄氏度，它们蜷缩形成团状，以减少热量散失。

北长尾山雀在枝条间穿梭，树皮湿润滑溜，它在上面找肉眼难以察觉的昆虫。北长尾山雀个头儿不大，看上去性格温顺，其实具有强大战斗力，为了保护领地，它们会变得凶猛。北长尾山雀造窝时，有其他鸟儿飞到窝前树上，或到周围找食吃，会立即遭到驱赶。

小伙伴长在山里，对这里的草木，天空飞的鸟儿，地上跑的动物，没有不知道的事情。我跟着他学会很多东西，如何辨认草木，采山野菜，从长相分辨哪种是夏候鸟，哪种是留鸟。

北长尾山雀来去匆匆，眼睛看不过来，风一样自由，眨眼间全群消失，偶尔有一只掉队，也瞬间不见。这种小精灵不惧人，别看它们不停地跳跃，不把站在面前的人放在眼里，只要人们不去干扰，它们照样找食、嬉戏打闹。

如果鸟类设立建筑最高奖，就应该颁发给北长尾山雀。它是工艺大师，也是伪装大师，用杂乱的树枝构筑的窝，难以被发现。

北长尾山雀的圆顶状窝，是个有弹性的袋子，由小叶苔藓构造而成。窝中用羽毛铺垫，起到防水作用，再拿地衣片盖在袋子外，造出伪装网的效果。鸟窝的搭建，最能反映出思维能力，毫无疑问，北长尾山雀具有建筑的天分。

北长尾山雀能造出圆顶状窝，并不是一只鸟儿的功劳，而是两口子合作的产物。在搭建过程中，它们针对建造方案，共同做出决定。有时飞到沼泽山雀窝附近的树干上，去啄落叶松树皮作为材料，正在窝中养孩子的沼泽山雀听到声音，急忙跑出来，进行武装驱赶。经过长时间打斗，最后不敌北长尾山雀的攻击，终于弃窝而逃。

北长尾山雀有了窝，就计划生儿育女。它进入其他窝中产卵，请主人帮助代孵，它不会袖手旁观，也帮助运送食物，为防止敌人守卫放哨。且在子女生出后，还要照顾和保护它们。

我住在山区的大姐家，外面是一条土路，近两年这里的住户增多，因此土路被修筑成乡间柏油路。左侧一大片水稻田，中间有沟渠，水被引向田地里。我在水中找蝌蚪，看了半天不见一个。可能是撒太多的化肥，造成水质污染，使蝌蚪没有生存空间。不远处的兄弟峰，笼罩着淡淡的雾气，山上的树木种类丰富。端起相机，镜头对准这座山，北长尾山雀从镜中飞过。

我找了当地向导去看古长城，这是渤海和东京的拱卫之城。后为东夏国利用，并改建为防御工程。山路右侧是苞米地，宽大的叶子绣着金线。草丛中有几朵喇叭花，是令人喜爱的野花，花叶上滚动着露珠，睡美人一样，不忍心打搅它的梦。

前面往右拐，溪水在灌木丛中流淌，水不是很深，漂浮着枯干的树叶，向山下流去。水中垫有石头，供上山过往人通行。向导利索地跨越，而我看着水中的垫石试了几次，踏在石上面。身子在空中摇晃，两只胳膊摆动中寻求平衡，险些落进水中。对面有野葡萄架，向导递过来藤蔓，叮嘱我抓住。握着干枯的蔓，好不容易跨越溪水，大口地喘气，身上已经冒汗。

山里鸣声不断，北长尾山雀的叫声就在周边。往前走出几步，我发现一种植物，心形叶子，边缘具有粗锯齿，两面无毛，叶柄长。仔细地观察，觉得非常熟悉，又不敢胡乱瞎猜。我问向导它的名字，他笑呵呵地说，这是马蹄叶，可以做蘸酱菜，也是一种中药。

这里一般人不会来，所以生态保护得较好。从相机包里拿出雨罩，好似方便袋，采摘的马蹄叶装在里面，餐桌上多一道山珍。回来的路上发现野草，研究半天，不知叫什么名字。前面不远处有棵山里红，结着小红果子，北长尾山雀栖在枝头，发出娇滴滴的鸣叫。

野鸡和它的配偶　聂立民／摄影

第二辑　自然隐士

野鸡飞进饭锅来

中午吃水饺,我去溪边采水芹菜,回来做饺子馅。院子里种了各类蔬菜,还有一片苞米地,四周有野生的蒙古栎榆树、杨树和白桦树。每天引来许多的鸟儿,甚至看到苍鹰,水边的草丛中有野鸡窝。我来了两天,只听到它的叫声,却没有一次遇上过。

大姐说在榆树前的草丛中,有一个野鸡窝,里面有五只野鸡崽儿。我按照她说的地方转悠半天,既未听见野鸡叫声,也没有找到窝。我背着相机在水边游来荡去,野鸡早在草丛中发现我了,它总不能饿肚子,不出来找食,况且野鸡崽儿会饿得受不了。

我闻着艾蒿的清香味,不死心地在附近转,坚定自己的判断。蹲在水边,洗净手上沾的艾汁液,听着水流动声。麻雀叽叽喳喳的叫声,好似在嘲笑我的无能表现。榆树上的白鹡鸰向这边张望,过来凑热闹。手在溪水中搅弄,打乱水流的节奏,溅起的水花,打湿了裤子和鞋。我向草丛中搜索,不漏过一棵草,越密实越要留心查看。水边好似五花草地,有各种野花草,荜草、蒲公英、朝天委陵菜、茵陈蒿、野艾蒿、水蕨……高山石竹产于长白山区,喜欢山溪和湿润地,有紫红色和粉红色,顶缘不整齐齿裂,在草丛中特别显眼。

这是一次地毯式的扫描,不管结果如何,总算有个交代。我不放过每一处细节,费了半天的劲,什么都未发现,只有小昆虫飞来飞去。

我放弃寻找野鸡窝的行动,绕过苞米地,去前面的溪水边,采摘包饺子的水芹菜。那里是个甩水湾,岸边长满水芹菜,和种上去的一样。当我来到苞米地,野鸡听到走动声受到惊吓,从地上飞掠向空中。野鸡的行为,弄得我的心理毫无准备,被吓了一跳。

我被出现的野鸡弄得兴奋起来,忘记失落的心情,寻着野鸡疾飞的踪迹,又一次找它的窝。进入地的垄沟中,避免踩踏苞米,所以走得不快。

民间流传一句话:"棒打狍子瓢舀鱼,野鸡飞进饭锅里。"过去这种现象是平常事,不是夸张的说法。野鸡即雉鸡,又称山鸡、环颈雉。雄野鸡漂亮,尤其是长尾羽光艳迷人。有一年,我在沈阳借住朋友家,他家摆着雄野鸡的标本,看上去不舒服,住了两天,就待不下去。每天看着野鸡经过人工修饰的眼睛,没有一点儿的温度。

在长白山区走不出多远,就能看到惊飞的野鸡,误闯屋子里的事经常发生,不是什么怪事。野鸡最怕被老鹰逮住,后果不堪设想，只有死路一条，所以顾头不顾腚地乱撞。山里人不讲究形式，粗暴是抓野鸡的最好办法。大雪封山的季节，发现野鸡以后，摘下头上的棉帽子，往空中一扔。野鸡看到掉落的棉帽子，误以为是老鹰，立即钻进雪地中，尾巴暴露在外面，人过去不费力气地逮住。当地人说："野鸡是傻瓜，顾头不顾腚。"

野鸡是长白山区的留鸟，活动范围大，一般在低山丘陵、农田地边、沼泽草地以及林子边上，还有公路两侧的草地和灌木丛中。野鸡呈抛物线式疾飞，但不会持久，飞过一段距离落地，在灌木或草丛中藏起来，轻易不再起飞，有时人走到眼前，又突然飞起。野鸡挺有意思，奔跑一段距离后，停下来察看情况，看追的人是否赶上；然后再往前走，不得已才起飞，发出咯咯咯的叫声。

野鸡喜欢群居，在繁殖期间，成年雄性野鸡会开拓自己的领地，成为这一片的主人。如果其他雄性侵入，它们会发动一场大战，落败者为贼，必须退出此地。雄性野鸡失去领地，吃了败仗慌张逃跑，也失去交配的机会。

在长白山区行走，经常看到路边草丛中，有一只惊飞的野鸡，向林中深处奔跑。20世纪80年代初，我在偏僻的屯子中住了半月，看到邻居家打到雄野鸡，身上带着体温。我摸了一下，便不想再看没有生命的眼睛。雄野鸡的羽毛色彩鲜艳，拖着长尾羽，它有黑褐相间的横纹，颈部为紫绿色，两颊绯红。长白山区老话说："家鸡一打团团转，野鸡不打满天飞。"这句话不是随便说的，而是人们在生活中总结的经验。

曹保明《长白山渔猎文化》中记载，在家的院子里能捡野鸡。长白山一场大雪过后，猎人捡野鸡自有高招儿。这个"捡"字，没有经历过这件事的人无法理解。在自己家的院墙头上，撒上一层小灰，这是灶坑里烧的木桦子灰，它和白雪形成鲜明的对比。"天黑下来后，野鸡们再也没有去处，一看人家的墙头上有一块黑地，而且是热乎乎的。它们一只只地飞过来，拥挤地站在墙头上。猎人早已藏在墙下，张开口袋，伸手抓住它们的腿一只只往下一拉，装进袋子里。"当墙上有空闲的地方，又飞来一只补上。这种老手法，一看就会，没有技术含量，只是隔一段时间，出来捡野鸡就行了。

三月初，山的阴坡残留积雪，我在野地行走时，遇到一个令人震惊的场面。上百只的麻雀落在苞米茬子地上，远处有一片白桦林，两只漂亮的雄野鸡，挺着高傲的脑袋，在旁边散步。它们融洽地相处，互不打扰，我们相距有一百多米远，我不敢弄出声音，怕惊动鸟儿们，只是从相机的镜头中观望。

天空的流浪者

游隼 綦梅/摄影

第二辑 自然隐士

101

风中飞翔者

一件突发事件,打乱美好的心情。一只大鸟儿从河对面飞来,在低空飞行,进行短暂的滑翔后,栖在树梢上。

由于距离远看不清楚,从鸟儿的体形猜出,不是一般小鸟。我丢下观赏的心情,急忙向树跟前凑去。走出二三十米后,停下脚步,借助望远镜看清楚,这是一只游隼。

游隼是长白山区小体形的猛禽,捕捉昆虫、鸟类和小型哺乳动物,以善于逆风翱翔而出名。它遇到大风不退步,必须迎风而上,否则失去平衡,会被风击落在地上。

小时候,每年放假都要去姥姥家,这是职工宿舍区,一长排平房,每隔一段为一户人家。烟囱不是开在山墙边,而是安置房后边。一排烟囱,也是孩子们玩儿的地方。

孩子们放暑假,每天跳皮筋儿是热闹的时候。姥姥家邻居小英子,个子不高,辫子上扎着红头绳,她皮筋儿跳得好,跳时唱道:

小皮球,真美丽

马莲开花二十一

二五六,二五七

二八二九三十一

三五六，三五七

三八三九四十一

四五六，四五七

四八四九五十一……

  跳皮筋儿是孩子流行的游戏，两人一组，一人一边，双腿分开套紧皮筋儿。另一个赢家勾起皮筋，踏着节奏，跳出一套花样。英子的腿灵活，能勾住高到脖子的皮筋儿。我常坐在石头上，看她们跳皮筋儿，旁边有老母鸡，带着几只小鸡崽儿，在悠闲地觅食。

  天空出现一团黑影，老母鸡警惕起来，眼睛瞪得圆鼓鼓的，对于突然出现的情况，发出危险的鸣叫。英子停下跳皮筋儿，向天空望去，大声喊老鹰来了。

  一只双翅展开的鸟儿，从对面山头俯冲而来，速度非常快，盯着地面乱跑的小鸡崽儿。老母鸡怒睁双眼，发出咕咕声，也张开翅膀，保护自己的孩子，准备和扑来的敌人搏杀。

  我向对面山上望去，发现一只老鹰，声势凶猛地扑来。它雄壮的肩膀，那个大脑袋，双眼充满杀气。不等它到来，这股气焰就吓坏人们了。

  跳皮筋儿的女孩子乱成一锅粥，有的尖叫，有的往家跑，有的呼喊大人。我本来坐在石头上，身子发软不觉下滑，一屁股坐到地上。下意识地举起扫帚，似乎能挡住大鹰弯勾的尖嘴，也能拍打它，进行自卫防身。目光挤过竹枝的缝隙，望着凶神恶煞的猛禽，还不知道它是游隼，而当作可怕的鹰。我不知道将要发生什么事情，当它冲过来时，是用扫帚拍打脑袋，还是袭击翅膀。我想用何种方法反击，抡起来或横扫过去，总之不论怎么样，不能让它叼走什么。

老鹰是大型猛禽，不受山里人欢迎的鸟儿，令人讨厌。因为每家都有散养的鸡，圈中有小猪崽儿，所以老鹰经常偷袭。鹰在空中盘旋，地上小鸡崽儿丢魂落魄地乱窜。

我挺直腰向着前方望去，扫帚在脸前筑起墙，不可能冲到眼前。它的弯尖嘴不能称为嘴，应该呼为钳子，接触到任何肉体，不是啄一下，而是钩住不会再掉落。一般的鸟嘴发尖，但不是带钩状。这不能谓之嘴，而是带温度的凶器。我出生在榛柴沟，四面都是大山，每天见天空飞过的鸟儿。后来随父母离开，在城市里见过麻雀和喜鹊，很少碰上猛禽。对于突发事件，和所有的小朋友一样，不知如何面对。听大人讲过老鹰的厉害，能轻易叼走小猪，小孩儿也能叼走，因此对老鹰有一种惧怕。

老鹰越来越近，甚至小鸡崽儿吓得躲在母鸡翅膀下，英子父亲听到孩子们炸锅似的乱叫，知道发生事情了，从屋子里冲出来。他见空中的老鹰飞来,拿起铁皮洗衣盆,用木桲子敲起来,发出哐当哐当的响声,在山野中回荡,具有强大的威慑力。老鹰听到铁皮的响声,吓得慌忙逃走,在空中一个急转弯,返身向对面的山中逃去。

吓得惊慌失色的孩子们,现在高兴地大喊大叫,忘记发生的危险。英子爸爸说,这不是鹰,它是山中的游隼,不用害怕,只是长得有点儿凶狠。

少年时代发生的事情,让我记住游隼的名字,还有恶狠狠的模样。以后很少遇见过游隼,偶尔在画册上,电视的动物世界中看过。

长白山区旅行,在林间碰上过游隼,都是匆匆地打个照面,接着擦肩而过。我们今天相遇是缘分,由于离得有点儿远,看不太清楚。游隼具有超众的视觉能力,鸟儿和人的视网膜上都有视凹,它是成像的最大分辨率和色彩。人类只有一个视凹,游隼和人不一样,视网膜上多出一个视凹,这多出的视凹,使游隼拥有人类无法想象的视觉锐度。游隼可以在十八米外发现昆虫,通过老鼠尿迹反射的紫外线,寻找和追踪它们。

游隼是小型猛禽,有着坚硬的钩嘴,一双利爪,它还有一种特长,长而尖的翅膀,赋予它超强的能力。游隼的飞行技能是家族遗传来的,血脉中的分子,带着善飞的因素。在空中飞是家常事，收缩下垂的尾翼，减缓前行的速度，最后反向拍打翅膀。游隼翅膀形状的变化，产生不同的力气进行，向下或向后的作用力。游隼没有固定的捕猎地点，只要有猎物出现，就做出扑杀的准备。

游隼不惧狂风，却怕电闪雷鸣的雨天，如果下小雨，坚实的翅膀不会影响飞行。游隼善于低空飞翔，凭着敏锐的眼睛，在地面上搜寻目标。一旦掌握合适的机会，等猎物出现时猛扑而食，捕捉效率很高。它能在很远的地方发现目标，这是生存本事。

游隼是长白山区的夏候鸟，每年三月从南方迁徙而来，十月份离开。游隼生活在空旷地区，喜欢站在高树梢或电线杆上，或者悬崖，向下俯视，寻找追杀目标。平常单独活动，尤以傍晚时最为活跃。视力超强敏锐，发现地面有食物，一旦锁定目标，就很难让其逃脱掉。它收拢双翅，俯冲而下直扑猎物，再从地面上拉升飞起。

我走下堤岸，来到了水边，朝阳河欢快地流淌，河水倒映蓝天、沿岸的树木和我的身影。掬捧河水贴近脸面，潮湿气浸入鼻孔。

这是没有被污染的土地，长满野草和树木，几乎见不到来往的车辆。听朋友介绍说，用不了多久，将搭建仿古亭，修大型养鱼场，利用地理优势，建一处休闲娱乐的场所。

在高山流水环抱的农家院里,有一幢朝鲜族式的房舍,房脊四个斜面,红色的稻草覆顶,墙壁刷得雪白,房檐下挂着两串风干的红辣椒。坐在炕上舒展肢体,看着友人在锅台旁扳动压水井,清澈的水淌进缸里。水声使我回到了少年时代,那年夏季,城市供水紧张,家里的水不够用,我和妹妹每天拎着水桶到外面找水。邻居家是老式房子,房前一片空地,种着一畦畦青菜,叶子上滚动晶莹的水珠,现在城市里很难找到菜地了。在这里没有噪音的烦躁,目光任意驰骋,不会被楼房碰得粉碎。脱离城市拥挤的空间,面对大自然,一个人不会感到寂寞,飞鸟、虫子、山林、河流,使人感到生命的活力。

游隼如同空中飘飞的叶子,在阳光下盘绕,它不是在做游戏,而是捕获食物的方式。游隼动作轻盈,通常在一定高度,长时间掠过大地。如果发生变化,就是发现要捕获的目标了。向上飞冲,然后静止不动。它的尾巴很大,向下弯曲,向前方飞行。

在长白山区看到游隼,不是什么新奇事儿,对于当地人已经习以为常了。一缕炊烟飘散,农人赶着牛车,附近村庄的几声狗吠,叫得黄昏浓了。

在河堤上,耳朵里灌满朝阳河的流水声,感受凉浸的风,被来访的游隼惊动。我和游隼这么近,目光甚至在空中碰撞,是难得的遭遇。

天空的流浪者

虎纹伯劳　谷国强／摄影

当地人叫它虎鸡

长白山区的虎纹伯劳，称为小猛禽，个头儿不大，却有着凶猛的性格，不愧被当地人叫作虎鸡。虎纹伯劳的嘴呈灰黑色，它是肉食者，主要食物是昆虫，也吃小鸟和蜥蜴。虎纹伯劳不仅因为虎字，雄虎纹伯劳头顶至上背是灰色，黑色浓粗的过眼纹，尾巴棕栗色，具有不明显的深色横斑。其身体腹部呈白色。雌鸟额和雄性同为灰色，过眼纹不明显，胁部有较多的黑褐色波状横斑。

虎纹伯劳生活在树林、丘陵、山地，活动在疏林缘。它的窝建在灌木丛及洋槐等阔叶树上。它大多数的时间，栖在灌木、乔木的顶端或电线上。在高处四处张望，寻找食物，当发现猎物后，急速地飞去捕食，有时也会袭击小鸟。

虎纹伯劳的叫声粗犷，仰头翘尾，有一种气势。我在院外的灌木丛中，看到虎纹伯劳在上面高歌猛唱，东张西望，等待同伴的到来。每天虎纹伯劳飞来，都要唱一阵子，但没有人搭理它，唱够了以后，拍屁股走了。

我抓一些飞蛾、甲虫和金龟子，放在一个破碗中，摆在灌木丛边上，在不远处等待虎纹伯劳。许久不见它来找食，也就失去耐心，忘记这件事情了。下午想起来，跑去看碗里的食物，不知被什么鸟儿吃了，不管谁先来占便宜，讨个不费工夫的美食，不一定是虎纹伯劳享受的。菜地的菜叶上生虫子，引来不少鸟儿觅食。姥爷家屋檐前有个家燕窝，每天飞来飞去，家燕屎必须经常打扫，否则屎就会堆积起来。由于姥爷家在屯子边，院外是大片的野草和灌木丛，有野鸡窝和虎纹伯劳的窝。我和大黑狗出去玩儿，在灌木丛中遇到过虎纹伯劳的窝，当时有些激动，因为从没有见过。

姥爷生活在山区二十多年，已和山结下情感，从知识分子变成山里通。他说对待动物要学会观察，虎纹伯劳建窝的地方，周围有取之不尽的材料，省下不少力气。虎纹伯劳独自往来，有时成双结对出来活动。虎纹伯劳生育的时候，站在灌木丛的枝头鸣叫，表现喜悦之情。

长白山区的鸟鸣，一串串挂枝头，熟悉它们的人，从中能分辨出何种鸟儿的名字。这不是一两天工夫，需要常年观察积累，保持一颗好奇的心，睁大双眼，耳朵竖起来听，绝不放过森林中的每个音响。

姥爷说的这段话，让我忍不住又去灌木丛寻找虎纹伯劳，他给我打上裹腿，防止虫咬。我出门时，姥爷让我带棍子作为防身武器，灌木丛中和河边，时常出现土球子。每次去灌木丛探险，有许多意外的惊喜，遇上各种野花。第一次看到翅果菊，舌状小黄花，四处长着长鬃蓼、狗尾草、马兰。这时节，麻雀飞来飞去，四声杜鹃唱着孤独的歌。

我走过一段路，就不敢往里走了，灌木丛里草密实，怕遇上土球子，如果撞上野马蜂就是坏事了，会遭到蜂蜇。我听见虎纹伯劳的鸣叫，却连窝的影子都没有看到，最终以失败告终。回来的时候，听到圆润悦耳的鸟鸣，不刺耳却有穿透力，不知是什么鸟儿。

障子外长满野草，艾蒿长势苗壮。溪水从草丛中夺路而出，哗哗的水声，从草缝中飘出，水湿和草香纠缠，一股股冲来。

我向溪边走，水声越来越响。屯子里的人常来溪边的青石上洗衣服，用棒槌在上面捶打。天长日久，石面被磨得光滑。坐在青石上，背后障子里是姥爷的家，泥土房顶苫的稻草金色褪尽，现在变得陈旧。我胳膊抱在胸前，目光越过野艾，眺望起伏的山冈。双脚泡在溪水中，流动的水冲击肌肤。

我折断一棵野艾，断茬口溢出的汁液染绿了手指，冒出清爽味。水边空气湿润，青蛙一跃，从草丛中跳出，瞪着大眼睛，披挂一身迷彩皮，宣战似的大叫，又弹入草丛里。我扯了一片蒿叶向它投掷，叶片落入水中，浮在水面流去。向灌木丛中望去，等候虎纹伯劳的出现。

天空的流浪者

灰山椒鸟　谷国强/摄影

走进森林中

两棵相邻的树上,有四只灰山椒鸟神态各异。一只蹲在枝头上目视前方,有两只是栖在枝上的两口子,在深情地交流,而落叶松的高尖处,蹲着的一只在大声嚷着。

姜师傅说太有眼福了,能碰上这么大的场面。我在他的陪同下,沿着支线进入七号沟,在这里认识了野胡椒、野芝麻、牛蒡、紫杉、赤柏松,红豆杉的果实。他持着索罗棍在草丛中拨来拨去,有时敲击树干。

姜师傅指着枝头的红杉果说,这是北国红豆,也叫雅格达。红豆杉是乔木,粗枝大叶地展开,高达三十多米。树皮灰褐色、红褐色或暗褐色。野生红豆果没有污染,叶子含乌苏酸、鞣质成分,中医学认为其利尿消炎,含有多种维他命。

森林充满神秘,进去容易麻达山,朋友曾经讲过亲身经历。有一年秋天,他去采蘑菇找不到回来的路,在林中待到下午。草木极为广阔,看到的是满眼的绿色,草丛中开满野花,还能听到麻雀、四声杜鹃、蓝大胆和灰山椒鸟的叫声,朋友把食物挂在松树杈上。走出去不远,遇到大片蘑菇,桦树蘑、草蘑、松蘑。采蘑菇看上去不累,但蹲下去再起来,不断往复循环,体力消耗大，很快感到饿。回去拿树上的食物，但由于林子紧密，来时没有折树枝做记号，找不到回去的路。

一个人如果麻达山，不能再往前走了，回想走过的路。他又饿又渴，从筐中捡出桦树蘑。桦树蘑干净，柔嫩鲜美，生吃有淡淡的香味，乍看和面包一样，颜色十分好看。

朋友说麻达山了需要冷静，千万不要急，长期在林区生活，每个人都知道进山的常识。找到砍伐过的树墩子，年轮密的一侧是北面，稀少的是南面。可以看树的枝叶，密实的是北方，差一点儿的是南方。他在林子里寻不到出去的方向，不知身在什么位置，已经是下午三点左右，林子里的光线有些暗淡。面对无边的林木，陷入绝望时，听到山下有拖拉机的声音，这是林区运材车。他循着声音往下走，走过去不远的地方，看到挂在树枝上的食物和军用水壶，几乎狂奔过去。

我听到鸟儿叫，不知是什么鸟儿，在林子附近扫了一周，没有发现目标。在这里需要敏锐的目光，只需瞟一眼，就能辨别出鸟儿的位置。

灰山椒鸟栖在枝头，身体不大，没有林中经验的人难以寻到。姜师傅拿索罗棍拨来拨去，有时敲击树干，走进密林不远处，他建议不要往里走。这是长白山脉的老爷岭，真正的原始森林，有野猪和黑瞎子一类的大牲口，还有土球子一类的蛇，所以必须时时提防，避免发生意外。在原始森林要眼尖，耳朵必须如猎犬那样敏锐。

姜师傅指向前方的树，看到枝头上鸣叫的灰山椒鸟。他说灰山椒鸟和小灰山椒鸟的名字一样，只是前面多了个小字，它们是有区别的。他在红豆杉下，普及了灰山椒鸟的课，让我在特殊环境下，又认识小灰山椒鸟了。姜师傅的讲述，使我对红豆杉兴趣大减，对枝头上的灰山椒鸟产生了好奇心，想分辨两只鸟儿的不同。

我去过的原始森林都是在边缘走，不敢走进去，眼睛不够用，目光四处乱撞。周遭是高大的树木，齐腰的灌木丛和野艾，还有一些盛开的野花。有鸟儿叫声从林子深处传来，听见声音，却不知在什么地方。草木是兴奋剂，容易把人灌醉，不考虑后果地在林子里逛奔，其结局是可怕的。林子越走越深，每棵树长得一模一样，双胞胎似的分不清来时路线，而且林中不存在路，只能凭经验判断。

原始森林是个迷宫，每往前走一步，就会发生意外惊喜。读过描写森林的书，电视上看过纪录片，走进原始森林，既有激动，也有害怕的一面。我和向导相隔十米后，只能听见说话声，不见人在什么地方，这时心中慌乱。原始森林不是公园，尽情撒欢儿不会迷路，很容易就找不到出来的路。我听姜师傅介绍，增加对灰山椒鸟的兴趣，它是夏候鸟，名字与众不同。春天来到长白山区，秋天时，迁徙去温暖的南方。

灰山椒鸟抱团在一起生活，成群结队飞翔，叫声清脆。它们有时独自活动，有时结对相伴栖于大树枝上，在树上活动和捕食。

我在原始森林中放松警惕，一个劲儿往前走，拍野花和高大树木。有一股信念鼓动，一定要拍到灰山椒鸟，不知不觉间，走进林中一百多米。姜师傅提醒说，不要再往前走了，林子深处太危险了。我向身后望去，看到一棵棵长相差不多的树，地上野草掩盖一切。树如关闭的绿色大门，隔断与外界的联系。我们刚才在林子边缘，有一条机耕路，现在什么都没有了，不知在何方。

我对于位置无法辨认，四面环绕草木，没有开阔视野，望不到外面的情景。目光在林间受限，不断被树撞碎，掉落地上的草丛中。心里开始着急，寻找灰山椒鸟的热情降到冰点，只想快点儿走出林子。

姜师傅微笑着，看不出惊慌的神情，与我的心理变化形成强烈反差。望着周围树木，低头瞧遍地的草丛，来时走的痕迹被遮掩起来。往回走不知奔哪个方向，刚进林子里不过百米远，要是走个一里半里的话，恐怕走不出来，要困在里面等待救援。我在原地转圈地观察，想找出来时的路径，竟然无一点儿线索。姜师傅猜出我的心事，伸出手中的索罗棍，向左侧一指说，从这个方向一直走，就会走出林子，到我们来时的路边。听见姜师傅的指引，我连说声谢字都没有，灰山椒鸟不找了，逃命似的向外奔去。

姜师傅在前面蹚倒草，我紧跟后面，怕落下后找不到出路了。走出不多远，终于望见林子边缘，尤其是那条土路，救命稻草一样，真想抓住不放。在这里视野开阔，回头望着树林，产生敬畏心情。心情随之变好了，姜师傅望着天空飞过的灰山椒鸟。他从小生长在长白山区，熟悉这里的一切，对鸟儿一瞥，便知道是什么鸟儿。不费多少力气，就把我带出森林，来到土路上。

在屯子边空地上，我们遇到一片堆积的松塔，拴着铁链子的黑狗，警觉地注视，守护新打的松塔。松塔的主人，包了四十垧林场山地，今年是松塔丰收年。主人是姜师傅的朋友，他热情地邀请我们吃松塔，燃起一堆篝火，扔进新打的松塔。大火遇到翠绿的松塔，散发出的烟气中，弥漫浓重的松脂味。从火堆里拨出松塔，找一块石头砸开，掉出香喷喷的松子。灰山鸟椒叫声响起，就在近处的灌木丛中，或藏在树的枝叶里，似乎在招呼我重回林中。

天空的流浪者

喜鹊　周树林 / 摄影

吉祥的名字

大姐家的院子有五亩多地，在障子边上种着杏树、梨树、李子，自然生长的蒙古栎杨树、柳树和白桦树。

我去看喜鹊窝，刚走到地边上，野鸡从地中惊飞，邻近有它的窝。苞米地挨着障子，这里的树都有几十年的树龄，其中几棵杨树，上面就有喜鹊窝。

喜鹊窝建在住家旁边的大树上，它们在地上以跳跃式前进。鸣声单调，边飞边鸣叫，当成群时叫声甚为嘈杂。喜鹊长着尖嘴巴，翘着长尾巴，一身羽毛黑白相间，它是吉祥鸟、报喜鸟，谓之花喜鹊。

喜鹊选择在树杈上筑窝，经过辛苦的选址，开始准备材料。喜鹊建窝也挺辛苦，不是简单的事情，从备料到建成毛坯窝，需要两个多月时间。内部装修结束，大约花费四个月左右。建窝是苦差事，两口子都要参加劳动，雄喜鹊出力多一些。建窝所需的大枝条，雌喜鹊难以承担，由雄喜鹊做主要运输工作。

喜鹊窝的外墙枝条纵横，看上去粗糙，其实结构复杂，而且十分精细。喜鹊窝为竖立的卵形，从窝的构造上，它与别的鸟儿有很大的不同。在外面望去，喜鹊窝是乱插的树枝，但近距离观察发现,顶端有个球形盖子,出入口在侧面,既免于下雨的困扰,又方便进出。窝里铺枝条和泥土,垫有草根、苔藓、兽毛和羽毛,随口衔来的东西混杂在一起。

天放亮后,喜鹊叫声冲进屋里,弄得睡意全消。我看手机的时间,凌晨三点四十分。推开窗子向杨树方向望去,喜鹊今天喊得格外响亮,让人无法再睡下去。穿好衣服去问喜鹊,是否今天有喜事,或贵客登门来访,它这么欢实报信。山里人家少,他们一辈子与大自然相处,懂得爱护鸟类,尤其对喜鹊有特殊的感情,欢迎它们在房前屋后安家落户。喜鹊在相近的树上搭窝,每天送来吉祥的问候,民间认为这家会人丁兴旺,幸福安康。

满族的索伦杆,又叫索摩杆,是传统的祭天神杆。祭杆的时候,在锡斗里要放入米和切碎的猪下水,专门供给乌鸦和喜鹊享用。据《满洲实录》载录:"三仙女在布勒湖里沐浴,神鹊衔一个朱果放在仙女佛库伦衣上,佛库伦吃了之后,就怀孕生下了爱新觉罗的祖先布库里雍顺。他领导爱新觉罗家族许多年后,子孙后代变得暴虐无道,在某一年的六月间,部族众人起来暴动,攻破了鄂朵里城,追杀布库里雍顺的子孙,全族中只有一个叫范嗏的小男孩儿逃了出来。当他逃到旷野时,追兵已经赶来,在危难之际,一只喜鹊飞来落在范嗏的头上,追兵误认为喜鹊下是一棵枯树,便收兵回去了。"从此之后,爱新觉罗家族奉喜鹊为祖，对它格外敬重，并有索伦杆供肉，请喜鹊来享用的民俗。

我沿着障子边的小路，向前面杨树走去，站在两米处的地方，望着树杈间的鹊窝。它没有在窝中，而是在白桦树上高歌。喜鹊穿着时尚的毛皮衣，露出白衬衣，显得特别的精神。

它在枝头优雅地舞动，如同参加盛大的舞会。山间缠绕的雾，烘托起伏的山冈为背景。白桦树作为舞台，四声杜鹃吹起铜管曲，麻雀和声伴奏，上演原生态的演唱会。

我在家中时，喜鹊站在对面楼顶的边缘，拖着长尾巴走来走去，不知在观望什么。有一段时间，我人生进入一段灰暗时期，因为工作原因，情绪十分低落。有一天，从外面回到家中，打开门时，看到窗外阳台上，有喜鹊两口子鸣叫，似乎向我报喜。开门的响动声，也没有惊走它们。看到这样的情景，心情分外好，以为事情有了新进展。但喜鹊的来临，并没有带来好的发展，只是一场空梦，所以这件事情以后，我对民间说法有些不相信了。

有一天，下午天气闷热，天气预报说今天有雷阵雨，我关严所有的窗子，躲在空调的房间里读书。如果不是天气的因素，本来不会发生什么事情。但生活的真实无法揣测，艺术不可能原汁原味的表现。

朋友送了一套小茶盘，上面放一只小壶，还有配套的杯子，正合我的用处。独饮清茶，伴着一本好书，度过酷暑的下午。三点钟刚一过，就准备晚饭，每天四点半去散步，没有特殊的情况是不能改变的，即使一场小雨，也打伞行走。

我近一段时间，迷恋做朝鲜族的土豆饼，前几天，擦土豆泥时不留心，把右手的拇指擦破，流出很多的血。用餐巾纸缠裹，压住出血口。上附近的诊所，买几条"云南白药创可贴"。由于皮肤对胶布过敏，伤口没有愈合好，周围泛起一圈小泡，今天伤口和小泡痊愈。我还是尝试做土豆饼，擦完一个土豆，擦第二个时，窗外阴云压顶，屋子里的光线暗下来，只好打开灯。土豆饼没有做好，大雨从天而降，雨打得窗玻璃叭叭作响，数条水线爬动，看不清外面的情景。

我用电饼铛煎土豆饼，吸取上次的教训少放面粉，外加一个鸡蛋。烙出的土豆饼，松软不干，比上一次味道好多了。窗外的雨越下越大，慢慢地吃饭，等待雨停下来。

快四点半时，雨突然停住，我穿好衣服准备出门。触摸门拉手，扭动门锁，要推开房门时，听见楼道里有异常的声响。声音有些怪，撞得窗玻璃直响，外面的雨停止，雨珠扑打玻璃的动静，不会是这样绝望的动静。我内心生出疑问，右脸贴在门上，耳朵捕捉响声，猜测楼道里的事情，编织惊险的故事。推开门的时候，看到楼道窗子前，有一只喜鹊乱撞，它想冲破玻璃，重新回到天空。我伸手在空中乱舞，大声喊叫，意思是指给它看，路在身后，从这里走，可以获得自由。

暴风雨来得突然，喜鹊被雷声惊吓，逃离途中和同伴分散，慌张地从楼道口钻进来，顺着楼梯飞上四楼。它认为越往高处飞越能找到突破口，躲开狂风暴雨，重新返回天空。

喜鹊逃脱暴风雨，却陷入另一个危险境地，被眼前的情景吓坏，拼命地拿小脑袋撞击窗玻璃。它看见雨水洗净的天空，有几个同伴飞过，踏上回家的路。

喜鹊看我出来，以为要抓它，急促地飞来飞去，寻找出逃的线路。看它可怜的样子，我只好采取办法，帮助它返回天空。走下楼梯，喜鹊看我过来不知所措，猛烈地撞玻璃。我拉开窗子，往下走一层楼梯，好让喜鹊有安全感，让它离开受难的地方。

我拉开窗子，涌进湿润的凉风。我以为喜鹊呼吸雨后的空气，道路的障碍被清除，应该飞向天空。喜鹊站在窗框上，情绪变得安稳，扭过脑袋。我们相互对视，它是向我道谢，还是有了安全感？望着喜鹊祝福它平安。我不想打扰喜鹊，向楼下走去，再次回头一望，窗框上不见它的影子，只有流动的风扑来。

我在长白山区的日子，每天都在山野间行走。去看野花，去看野草，寻找鸟儿的踪迹。喜鹊能适应各种条件下的生活，在山区、荒野、农田和城市中都能看到它们，人群越集中的地方，喜鹊就越多。

喜鹊生儿育女时，两口子在一起，平常喜欢三五只组成小群体，只是到了秋天，经常有几十只的群聚，有时看见它们与乌鸦、寒鸦混群活动。喜鹊对于吃不讲究，随季节和环境而变化，夏季以昆虫为主食，别的季节吃植物果实和种子。它生性机警，找食时警惕性极高，要有一只负责放哨，巡视四周环境的情况，如遇到了危险要发出报警的信号。两口子出去觅食，亦是轮流放哨。雄喜鹊在地上找食，雌喜鹊站在高处瞭望，雌喜鹊吃食，则变成雄喜鹊观察守望。

喜鹊飞翔能力强，时间持久，身体和尾巴成为直线，尾巴略微张开。喜鹊也做好事，在老鹰来袭之前，凭着敏锐的视觉发现险情，及时用独特的声音报警，向鸡群发出危险信号，使老鹰的捕获计划落空。

喜鹊有个好名字，但它的性格和名字不相符，个头儿不大，却喜欢打群架；团队意识特别强，有很强的领地意识，其霸道豪横，人们称为鸟界的流氓。在大自然中，大型猛禽独霸一方，鸟儿见了都躲得远远的，唯恐遇上命丧黄泉。但在苍鹰眼中喜鹊肉不好吃，被喜鹊群纠缠上了，也很闹心。山里的人有时吃麻雀肉，做饺子馅料。可没有听说过有人吃喜鹊肉的，民间说喜鹊肉有股腐烂味，恶臭难闻。

有一年，我住在山中，落日时分，归林鸟儿疾归。我看到喜鹊叼着小麻雀，从东向西快速飞去。身后的麻雀，应该是小麻雀的妈妈，紧追不舍，其叫声听起来感受极深，震动极大。

要是不亲眼所见，很难相信喜鹊的行为，绝不是文学作品中虚构的情节，而是真实发生的事情。

喜鹊是除哺乳动物之外高智商的鸟儿，占便宜可以，但绝不能吃亏受气，容不得受欺负。相反的是喜鹊欺负别的动物，甚至人类都不放过，如果不注意招惹到喜鹊后，它会找上门来报仇，往你头上拉屎。

我站在杨树下，听见喜鹊窝中传出幼鸟叫声，过不了多久，就能看见小喜鹊，从窝中探出脑袋。我离开这里，以后有机会回来，再看它们时，已经是成熟的大鸟了。

喜鹊和人类有深厚的感情，它们更多的是围绕人类活动。一个地方见不到喜鹊，就说明污染严重，或是捕杀现象泛滥，出现的形势危急。早饭时，我不在屋中吃，端着碗在外面吃。望着喜鹊在枝头跳来跃去，叫个不停。

第二辑

山野生活

天空的流浪者

大山雀　周树林/摄影

白脸山雀

大山雀昂着脑袋,栖在柳树枝头,唱着迎宾曲,悦耳的单音节后,跟着一串有节奏的音符。它比麻雀略小,头部呈蓝黑色,有着纯白的两颊,像戏剧脸谱中的白脸,被人们称呼为白脸山雀。

大山雀的白脸是明显标志,一看就知道是它,绝对不会认错的,它是长白山区的留鸟。大山雀的基因变异与其他种群不同,科学家研究,个性差异的重要部分主要是由于基因的变异,"有一个基因,名为多巴胺受体 D4 基因,已知会影响一系列物种的求新和探索行为,包括人类和鸟类。"所以不仅长相具有特点,性格也与众不同。

大山雀是树洞鸟儿,利用啄木鸟凿出来的树洞,还有天然树洞,以及合适的地方做窝。如果找不到满意的洞,就亲自在树上凿洞。大山雀讲究舒适,窝中铺上苔藓、羽毛和干草,装修成浅碗状的衬垫,在这里养育儿女。

我走进狐仙堂屯子里,听到大山雀的鸣声,一串串挂树枝头,风铃一般的悦耳。屯子保持老样子,泥土路边的水沟里漂着绿浮萍,屯子里很安静,走了几百米都没有碰上人。经过这个屯子不知多少次，但这是第一次停车下来，走进神秘的屯中。

九狐洞是山的名字，那山看不出特别的地方。山下的屯子叫狐仙堂，后来不知哪个年代，人们把狐字改写成为胡字。我站在屯子口，想象中的九只狐狸是山里的精灵，用聪明的智慧，守护这方土地和乡民。

我走进村庄，板障子上落着麻雀，它的叫声与大山雀不一样，却都有一个雀字。麻雀看见我走来，不情愿地飞走。

土路落着枯叶，柞木障子围成一个个院子，障子是乡村的独特景观，它不似南方的篱笆几曲幽径，小桥流水一般的阴柔。柞木敲上去发出铿锵响声，能抵挡暴风骤雪，抗住山里野牲口侵袭，保住家人平稳生活。夏日院子里种满青菜，豆角秧攀爬在障子上，招来无数蜻蜓、蝴蝶，使农家小院充满温情。柞木颜色灰旧，走在小路上，如在记忆中行走，回到久远年代。木障子、泥土屋带有神秘的色彩，使人感受山野的气息。木障子是用柞木杆子排列在一起，很少用钉子，根部埋在土地中，中间横带是用铁丝捆绑。

障子边有榆树和柳树，由于长期无人管理，自由地生长，枝叶密实，枝条随意伸展，无拘无束。这里成为鸟儿的天堂，平常很少有人来往。

我在院子中出现，对于鸟儿来说是意外的事情。它们许久未见有人在这里走动，因此觉得稀奇，有种遭受惊吓的感觉，害怕我搞突然袭击，做出危险的举动。在破败的院子中，看着无人居住的泥土屋，早已没有烟火气，缺少人的体温。它与我无数次想象的差距大，使情感跌落到冰点，甚至伤感。

大山雀落在柳树上，脚跟未站稳，就开始鸣叫起来。从这个角度看大白脸，它在树枝上钻来爬去，寻找昆虫和虫卵，故意表演似的，做出倒挂动作。大山雀圆滚滚的招人喜爱，活泼大胆，并且不害怕人。

别小看大山雀，它有独门绝技，是别的鸟儿无法相比的，它具有啄穿脑袋的本事，所以有"丧尸雀"的称谓。进入冬季，大雪封山遮掩一切，食物稀缺，为了生存下来，动物间展开残酷的争夺，大山雀身体小，却有着杀手的冷酷无情。绝不会过苦日子，而是采取游击战术，出去捕杀小鸟或蝙蝠，吃富含脂质的脑子。鸟类学家在大山雀领地中，发现多只小麻雀死掉的情况，头骨被敲碎脑浆溢出，根据作案现场分析，凶手就是大山雀。

大山雀在柳树上一边寻食，一边玩耍，对于我这个贸然来访者，根本不放在眼里。望着它那张尖嘴，怎么也想不到，会那么冰冷无情。一个鲜活的同类脑袋，在它的啄动下丢掉性命，脑子被吞进肚子里。

我在破落的院落，遇上貌似温情，却是杀手的大山雀，决定去会会它。我向柳树走去，目光坚定不畏惧，不让对方看出破绽。大山雀停止活动，不时发出啾啾声，而不是通知同伴聚拢的唧唧声。叫声是大山雀的语言，通过声音吸引异性的关注，或告示其他的鸟类，这是它的领地，对不同情况下，传达不一样的信息。

我向前走，大山雀警惕性极高，大叫一声，飞跃式的启动，向天空奔去。树上的枝叶动都未动，仿佛什么事情都没有发生过。停在柳树前，面对一树绿色，回味大山雀鸣叫的情景。

院子里恢复寂静，这是典型的朝鲜族人家，四个斜面屋顶铺盖稻草，为了防止风吹雨淋，用草绳子拉扯方形网格，泥土墙刷成白墙。老式房子很少有了，烟囱是掏空的树，经过烟熏变得黑漆漆的。除了门和窗子上的玻璃，涂的油漆是外来的东西，整个房子的材料都和山分不开。

房屋主人离开很久了，烟囱裂开缝隙，西山墙皮脱落露出土坯。窗上没有一块玻璃，空洞洞的框子如同胆小的孩子，听了太多的瞎话，不敢待在家。惊吓中蹲在门口，等待外出的大人归来。春天是农人最忙的季节，院落的空地没有翻耕，长着枯干的野草。

我在墙角发现残破的水缸，很久未盛过水了，积着尘土和几枚枯黄的树叶。通过破败的窗口，看清房子里的情况，当初温馨的家，男女主人生儿育女，过着春种秋收的日子。他们的儿女是听传说长大的，这片土地给了他们物质的生活，赋予精神的滋养。而今天,儿女们不愿守在孤山草屋,到外面寻找精彩去了。父辈们建造的屋子被遗弃,日子长了,富有人烟的屋子坍塌。年轻一代人留恋城市,林立的高楼才是他们理想的居所。不知是原来的大山雀回来,或新来的一只,缓慢飞过来,落在柳树上。

第三辑 山野生活

天空的流浪者

麻雀　周树林/摄影

第三辑 山野生活

老家贼

一

我希望和麻雀相遇,以自然的方式,免去复杂的寒暄。简单问候是最好的形式,我却未想到是这样开场,不免有些失望。我上演过几种结局,其中心动的是在白桦树下,周围生长着东北山梅花、白花延龄草和野豌豆花。有花相伴,在山野中与老朋友会面,会是多么的感人。每一朵花都能写成书,在想象中读着每个字的描述。

我进入角色,在麻雀叫声引导下,奔向白桦树。我要收集麻雀的鸣唱,它不同于城市中的麻雀,混迹于街头的鸟,身上的纯真消失。山野中的麻雀经受自然风雨的养育,有着清纯的歌声。

我去六鼎山看芍药花的路上,见到许多花,还有榆树、白车轴草、鹤草、蔓茎蝇子草……在榆树上遇见麻雀,看出它生活得不错,营养过剩。也许是为了迎接远来的客人,今天起这么早,羽毛梳理得光滑,没有一绺凌乱不齐的毛。

我们虽然是偶然相遇,但其实是必然的。我预演过无数次,只是背景的白桦树变成老榆树,而且树下没有野花,却是一片陈茵蒿。

长白山区的麻雀生活的环境不同，它能懂当地话，却听不懂外地话。我离开老家三十多年了，所讲的语言不纯正了，不能用当地方言打招呼，否则弄懵麻雀，不知该如何应对。麻雀栖在枝头，对于我的献媚根本不搭理，只是瞅了一眼，扭动小脑袋，沉浸在自己的世界中。麻雀的态度出乎意料，和我脑海中预演过的场景全然不一样。

我在杂草中蹚过去，六月草长得疯狂，有齐腰深了。草叶挂着的露珠打湿裤腿，贴在皮肤上，凉浸浸的不舒服。草叶纠缠降低我向前的速度，来到了榆树前，保持一定距离，走得太近，害怕惊动麻雀。但我担心的事情十分多余，麻雀没有惊吓的感觉，可能是我过于多情了。鸟类有着漂亮的羽毛，这是迷人的原因之一，当它们回到阴影中，就几乎成为隐形衣了。在枝叶中，羽毛显得暗淡无光，可以很好伪装。

二

当地人叫麻雀为老家贼，不同的地域文化，对麻雀叫法各具特色。话说回来，"老家贼"是美誉。

我在家中养了一群野麻雀，大约有二十多只。清晨睁开眼睛，走进意识中的是麻雀叽叽喳喳的叫声，如树的根须，透过窗玻璃伸进房间。

我不会在床上多躺一分钟，马上穿好衣服，为它们开饭。野生麻雀的窝在哪儿？从哪儿来的？我在窗台上撒上金黄的小米，麻雀飞来，十几张短嘴不停啄食。它们一个家族分工严密，对外来麻雀绝不手软，逐出领地。

不管是雨天，还是浓雾的日子，每天第一件事是喂麻雀。然后坐在沙发上，一边刮脸，一边看麻雀吃食，麻雀习惯了屋子里的声音，和家里的人熟悉了。有时吃饱的麻雀，小巧的爪子攀住窗棂子倒挂，脑袋在玻璃后面晃动，顽皮地向屋子里观望。我们目光碰撞，麻雀没有奔逃的意思，只是漫不经心地对视。

我发现窗台经常来麻雀，便开始喂养它们。有一天家里没小米了，我抓大米放在窗台上，麻雀一口不吃，只是不停地吵。小区外的街对面，有一家卖粮食的小店，小米一斤四块多，色泽不新鲜，我怀疑是陈化米。超市小米一斤五块，路程又远，但还是每次去超市买。

我办公的门前是条马路，每天赶大集一样的热闹。窗外有一棵白蜡树，一群麻雀栖在上面玩耍，它们的鸣叫可以缓解我疲惫的身心。

有一天，阴雨过后，空气湿润润的，一只麻雀忍受不住清冷的湿气，被办公室的暖气吸引，从敞开的窗子钻进来。办公室顿时大乱，同事们拿笤帚的、挥苍蝇拍的、尖声喊叫的，几个人追赶着弱小的生命。麻雀在空间乱飞，寻找奔逃的方向，撞向玻璃想冲出去,但每一次都跌落下来。我拉窗子帮它出逃,担心它会撞死,因此绝不能袖手旁观,让惨剧在眼前发生。打开窗子后,麻雀消失得无影无踪,奔向远方的大地。

麻雀是流浪的吉卜赛,没有自己的家园,四处漂游,一群麻雀就是大家族。麻雀是动物中的草民,没有华美的外表,没有漂亮的名字,更缺少高贵的身份。平民化的麻雀生于原野,长于原野,对于生存没有过多的要求。

小时候,我家后院每天都有麻雀飞来,两棵杨树成为它们的乐园,栖在枝丫上唱啊跳哇,我从不去打扰它们的生活。特别是到了冬天,一场大雪过后,麻雀清脆的叫声,穿透寒冷的空气。我把嘴凑到结霜的玻璃上,化出一个圆洞,透过小洞捕捉杨树上的麻雀。

收发室看门的师傅,送来一只小麻雀。儿子只有六岁,对小麻雀产生兴趣,喂水和小米,把它装在鞋盒子里,摆在有阳光的地方。麻雀不吃不喝,只是孱弱地鸣叫,等待它的母亲领着回家。我听不了这样的声音,动员儿子放生,说麻雀想家了,它的妈妈也在找它。我们把盒子摆在院子中,麻雀看到天空的云絮,在盒子里来回地走,似乎在酝酿感情。一声清脆的尖叫,与我们告别,展开稚嫩的翅膀,向天空奔去。

现在城市的楼盖得高,绿地越来越少,园丁经常给街树喷洒药剂,使很多的麻雀丧生。汽车的废气增多,树木的减少,使麻雀难以生存。我和麻雀交成朋友，窗台成为餐厅。清晨听到麻雀的叫声，知道到几点起床，下午不用看天色，听到麻雀的叽喳声，就知道该开晚饭了。如果晚点儿喂，它们便聚在窗台上大声吵嚷。

有时我站在窗前看麻雀吃食，听着啄食声有了满足感。观察每一只麻雀，想弄清家族史，它们的家谱从哪一代开始，到它们是第几代了。毛茸茸的麻雀娇小可爱，背上的花纹，无明显的图腾标志。谁是家中的族长，谁是夫妻，谁是受宠的小儿子。

麻雀饱餐后栖在窗台上，沐浴在阳光中，洗去身上的尘土。有时齐刷刷飞去，只有两只麻雀在说情话，不肯随大家游玩，爱情使它们沉醉。麻雀穿梭于城市的高楼之间，来窗台吃食。

三

麻雀成为全球遍布最广的鸟儿，除了南极洲以外，任何一个大陆都有它们的身影。雄麻雀体重约二十克，不及雌麻雀重。这样的小动物，却有着不好的名声，生性好斗，不惹人喜欢，它好骚扰别的鸟儿。一些人说："麻雀是恶棍，是有翅膀的老鼠。"它凶残成性，或许不无道理，善于入侵异地，无论到哪里都有夺主之势。

麻雀的性格决定了，它多活动在人类居住的地方，生性活泼，胆大喜欢近人，警惕性极高，而且好奇心较强。它在民居屋檐下、墙洞和草棚造窝，有时在街头树上，都能发现它们的窝。我穿高靿的回力球鞋，主要是为了防止虫子侵入，鞋子走不出几步，就会被打湿。杂草丛生的地方，没有一条行走的路，只好向前进，不能有一点儿犹豫，为了回应麻雀的热情呼唤，必须付出代价。

麻雀声一阵阵冲来，远处有四声杜鹃的叫声，听到了普通翠鸟的歌唱。麻雀的叫声距离最近，因为我们是老朋友。在这种特殊的地域情况下相遇，必须要寒暄几句。行动是最好的说明，表达自己的内心情感。

从山下走上来，这里是半山腰，虽然路面修得较好，但毕竟是登山，不同于走平地。我有点儿气喘吁吁了，调整呼吸向草丛中走去。脚步惊动草丛中的小昆虫，由于总看不清路，深一脚浅一脚地往前奔。我和麻雀究竟是巧遇，还是偶然碰上？它为什么落在老榆树上，不是白桦树上，或落叶松枝头？这么壮实的草尖，禁得起它的重量，甚至造窝都可以。

我被陈茵蒿包围，每走出一步，都要摆脱叶子的纠扯。露珠爬进高靿球鞋中，顺着皮肤流动，痒痒的不舒服。我弯下身子伸向鞋中，抓出闹心的露珠，脸贴向草尖时，逼人的草香，让我停留下来。麻雀不理解我的行为，发出嘲笑声。

阳台上麻雀随家族而来，对人已经熟悉，对于屋中的电话声、说话声、音乐声，各种杂音不在乎。它只是埋头大吃，填饱肚子为主，别的什么都不管。长白山区中的麻雀，只能自己淘食，没有人喂养，要应对天气无常的变化，和其他鸟儿争夺地盘。

我在镜头里发现，这只麻雀是雄性成鸟，背与肩呈棕褐色，缀以黑色粗纵纹，翼上的两道横纹是它独有的特征。成熟雌性体羽与雄鸟相似，只是下体羽色稍淡，这是它们的不同之处。

长白山地区鸟类中，麻雀属于优势种群，其数量相当多，整个山区都有活动的地方。麻雀叫声洪亮，成群结队时不住闲地叫嚷。我少年时和小伙伴掏过麻雀窝，胡同口老榆树有麻雀窝。我们找来梯子搭树上，小伙伴借此爬到树上，把麻雀窝端下来。这个窝不算讲究，可谓家徒四壁，里面连个鸟蛋都不见。小伙伴把麻雀窝向空中抛去，空中撒开草茎、草叶和家禽的羽毛。麻雀辛苦营建的窝，被彻底破坏掉，窝消失了，麻雀成为真正的流浪者，四处为家了。

麻雀个子不大，做事的警惕性很高，每一次觅食前，打量四周是否安全。然后放心吃，稍有一点儿动静，就会停下来，随时准备离开。

长白山区海拔八百米以下居民区，均有麻雀的出入。山中越来越清晰，我看到树后面的山冈，富有起伏的韵律，如同摊开的五线谱，书写一部清晨的交响乐。树林中传来普通翠鸟的叫声，远处有咕咕的鸣唱，杜鹃尽情地歌唱，当地人称为咕咕雀，很有地域特色。

麻雀栖息在老榆树上，眼睛四处观望，或许打量我。麻雀还算客气，给一点儿面子，我把相机镜头对准它时，没有立即起飞。我调整好焦距，等待展翅时摁动快门，留下雄性麻雀的影像。麻雀在飞向空中，发出一阵鸣叫，似乎向远处传递信息，不让同伴再来这里，因为有人入侵领地。

麻雀飞走了，天空未留下痕迹，仿佛什么事情都没有发生过。我与麻雀相遇是真实的，不需要过多的编造细节，只是结尾不尽人意，只在相机中留下影像，说明发生过的情景。

我收起相机，折了一根陈茵蒿，闻着折断处溢出的清香。朋友在前面大声呼喊，他以为我发现有意思的东西。我挥手示意继续走，马上赶过去。

我蹚着挂露珠的草，两条裤腿全都湿透，走出草中，风吹打湿处，皮肤凉浸浸的。山野中无备用的裤子，没有想到会发生的事情，只有忍受下去，等下山回到宾馆换条干净裤子。

我回头望向草中老榆树，希望麻雀回来，无人再打扰它的生活了。树上静悄悄的，没有麻雀叫声，再无别的鸟儿飞来。

天空的流浪者

树鹨 周树林/摄影

翅膀上的歌声

"chi-chi-chi"的叫声，打穿汽车窗玻璃。在山路上行驶，一路鸟儿鸣声如同音乐会，原生态歌手纷纷出场。

朋友开着车不时地卖关子，问我这是什么鸟儿叫。我对于鸟类略知一二，读过赵正阶的《长白山鸟类志》，但只是理论上的认识，实际上相差甚远。我如实回答，由于没有见到过真鸟儿，不敢说是哪种鸟儿。看到的时候，凭读过的资料和图片，能猜出是哪种鸟儿。

长白山北坡路边有红松、长白落叶松混交林，亚针叶林带下的灌木和草本植物不似针阔混交林带中繁盛，原来是针阔混交林中的小乔木，在本地带成为灌木状。树林的边缘，前面有一片空地铺满落叶，经过冬天吹打，失去水分的叶子变得干枯。小草钻过枯叶的缝隙，顶着嫩芽露出来。一只鸟儿东走西逛，走不出几步，左右甩动，似乎嫌嘴不够锋利，在枯叶上摩擦。这个动作不是捉虫子，而是做出扑食的样子，它与麻雀差不多大小。

朋友停下车子，让我看鸟儿在枯叶上的样子。他问这是什么鸟儿，由于距离远，看不太清楚。以过去的经验判断，说是一只麻雀,朋友说别逗了,让山里人听了笑话,他说起自己干过傻事。看到枝头的鸟儿在叫,当地人问是什么鸟儿,他随口回答麻雀,惹来一阵笑声。

朋友从车窗伸出手,指着鸟儿说,它是树鹨。雄雌都一个样,大小相差不多,体色相似,很难分辨清楚。身体上半部呈橄榄绿色,带有纵纹,在林下、水边的草丛中穿行,与环境色协调不容易被发现。

我们下车向树鹨走去,它似乎发现了我们,不断重复单音短句,声音大,并且节奏快。树鹨为夏候鸟,这个季节从南方返回来,每天都在忙碌中,枯叶中的树鹨是单身汉,尚未遇上心爱的人。所以别的鸟儿造窝,它却独自闲逛。

树鹨成群结队而来,迁徙路上随时可能发生危险,甚至丢掉性命。长途中尽管多灾多难,但也有快乐的时光,它们在伙伴中找到爱的伴侣,然后来到长白山区成家立业。不辞辛苦地到达目的地,圈占自己的领地,热恋达到高潮。雄树鹨圈出领地以后,进入发情期,为了体现雄性的威武,鸣叫声增多,尖锐声传遍林间,尾巴上下摆动,以便引诱雌鸟来交配。从树上飞下,在林中串飞,边飞边唱着。

树鹨窝大多在林边或林间开阔地带,两口子共同建造碗状的窝,利用天然的材料,衔来附近的草茎、草叶、松针及苔藓。雄树鹨孵卵时间较长,育卵期间,雌鸟担负更重要的任务,加强对领地和窝周围的保护。鸟类通常在春天鸣唱得更欢实,当雄鸟建立领地以后,用鸣唱向外宣告主权,和捍卫领地的决心。当它遇到心仪的鸟时,用鸣唱来吸引对方。

树鹨是肉食鸟儿,主食是昆虫,也吃小型无脊椎动物,植物性食物只是一种配菜。它们除了迁徙期间形成较大的群,生活中只有两口子,或三五只在一起。树鹨生性机警,在地上奔跑,受惊后飞到树上,发出尖细的叫声。雄鸟需要分辨出来是邻居,还是流窜来的鸟儿。流窜的鸟儿会造成危险,雌鸟需通过听鸣叫,辨别出潜在的情况。

车子往山头跑,这一段是爬山路,朋友使车速减缓下来,让我观看长白山的自然风光。山崖上有一片盛开的金达莱,朝鲜族称作金达莱,学名为兴安杜鹃,又叫达紫香。长白山冬季长,每年有四五个月的时间处于严寒中,金达莱是第一批开放的花。

这条路每年陪伴多少游客进山,坐在车里向外望去,汽车驶出二道白河,淳朴的小镇存在记忆中。路两边的树木多了,山冈起伏锯齿般延伸,摇落车窗玻璃,山风扑进来,挟着山野的气味。树鹨叫声响起,尖锐声撕破寂静。

一棵高大的红松,探在空中的枝有胳膊那样粗细,树鹨栖在上面歌唱。我让朋友停下车,摇落车玻璃,相机镜头伸出去,对准表演的树鹨摁动快门,怕它发现飞走。树鹨心情极好,可能遇上顺心的好事了，对于我们的出现，没有警惕的鸣叫。在十几里的路程中，碰上两只不同场景的树鹨，这是从来没有过的事情。

　　去五凤有两条路，一条是平坦的公路，另一条是崎岖的绕山路。朋友为了让我领略更多的山林风景，把车开上山路。在公路和山路衔接处，车轮接触土路，使人变得兴奋起来。山间寂静，一望无际的林木，看着变化多端的景色，一棵野草，一滴露珠，一块岩石都是新奇的发现。车子在长白山腹地中奔走，盘绕的山路上主要是山里人进出，载着采摘的野果，收获的山货运到山外。在无边的大山中，鸟儿的鸣唱，让人忘记尘世的烦恼，有了浪漫的冲动。

黑尾蜡嘴雀　周树林／摄影

第三辑　山野生活

情感是天赋

黑尾蜡嘴雀的小名为桑嘴,是指它粗大的黄嘴,不同于别的鸟类尖细。黑尾蜡嘴雀体形较大,身体灵活,不时由一棵树上飞走,跃至另一棵树上。鸟类用听觉来发现猎物,以及识别其他的鸟儿。它和人类不一样,通过语言交流,而要做到这些,就需要从声音上判断。

20 世纪 60 年代,姥爷住在过符岩山沟,我也在那里过过暑假。我们在五凤屯的石砬子下车,爬山越岭,还要走好长的山路。山里的空气清新,青草味往鼻孔钻,草香味灌醉了似的。我兴奋地大喊,声音在山谷中撞来荡去,融入山野中。一路上我不断地问,对路边树木、野草都不认识,因为好奇,让我有了无数为什么。这一段山路,让我认识了落叶松、榛子树、柞树、野艾、苍耳子、水芹菜和天天。

我累得不行了,坐在岩石上休息,不远处有一棵树,我问姥爷是什么树,他说山丁子树,老百姓叫糖李子。这个季节山丁子不熟,果子小,吃起来有点儿酸酸的。它是一味中药,可以治腹泻。村里人更多的是泡酒,有的家里做水果罐头。

姥爷说道,黑尾蜡嘴雀喜欢这种树,当成自己的窝。在上面有吃有喝的，吃饱喝足以后，在上面玩耍，高兴地大声唱歌，不白来一趟，亏了它那张大嘴。我准备去看山丁子树，拖着长尾巴的鸟儿飞来，栖在树枝上，大黄嘴扯开唱起来。我们望着黑尾蜡嘴雀在树枝上独唱，走来走去，悠闲地散步。

我挺直身子，呼吸带着野草清香的空气，望着黑尾蜡嘴雀的表演。它是原生态演出，大自然作为背景，山丁子为舞台，树枝和叶子当道具。

黑尾蜡嘴雀扯开嗓子，在唱一首古老的歌。歌声掠过树梢，穿过草尖，回荡在山野中。我听这迷人的声音，心中发痒，也想跟着合唱一曲。

我准备起身走近看，姥爷说，你弄出动静，它敏感地立马跑了。最后还是忍不住，向黑尾蜡嘴雀吹口哨，声音在山野中属于杂音，鸟儿听后感觉奇怪。我本意是友好的表现，只是向黑尾蜡嘴雀问候一声，套一些近乎。这个想法是好的，但黑尾蜡嘴雀不通人情，以为我要攻击。它停止歌唱，不满意地瞅一眼，张开翅膀疾飞而去。

山丁子树上没有了黑尾蜡嘴雀，又安静下来，我内心变得失落，走向山丁子树。姥爷说，山丁子开白花，果子是红色，到了秋天才能熟透。树姿优雅娴美，花繁叶茂，白花、绿叶互相映衬，树周围长满齐腰深的野艾蒿。

鸟儿鸣叫和溪水对唱，清脆的歌声，使山里有了鲜活气息。

我长这么大，从没有走过这么远的山路，却未感到多累。

少年经历，我记住了山丁子树，还有黑尾蜡嘴雀。每次来长白山区都要想尽办法，去和黑尾蜡嘴雀会面。有一年，我去长白山区休假，每天游荡在山野中，毫无任何目标。早饭后，在林间小路走，遇到一对黑尾蜡嘴雀。我保持距离，黑尾蜡嘴雀走动，我就往前走，它停下我就停下。跟踪挺有意思，它受到同类的惊吓，或别的原因，突然飞起来，把我留在小路上。

知道我在观察黑尾蜡嘴雀，朋友自告奋勇，要带我去看它的窝。我们在林子转悠半天，没有找到黑尾蜡嘴雀的窝，他忘记准确的位置，在林中是常有的事儿，不足为怪。他号称林子通，出现这样低级的事情，有些不好意思。我安慰他这属于正常，林子太大，每天都在变化。

黑尾蜡嘴雀在唱歌，如此高亢，充满生命的激情。我在林中观望一阵，树林里的黑尾蜡嘴雀数量不少，它们在枝叶间来回跳跃。我看到热恋中的一对，甜蜜地栖在枝头对唱。

春天旅行，又一次在长白山区看到白桦林，岩石上生长苔藓，漫山遍野的灌木丛，渲染春天的气氛。大山深处鸟儿自由自在，黑尾蜡嘴雀在歌唱，大山雀热情而且活泼，四处游逛，把冬天积攒的话倾吐出来，大杜鹃从南方不辞劳累地往回赶，没有来得及洗去旅尘，在歌声中向大山报到，远游的游子归来了。山间如大氧吧似的，吸一口湿润润的，在这里无烦恼纠缠，漫步落满叶子的林中，抚摸一棵棵树身，感受到了温暖。

有一年，朋友在长白山区，花费一个上午，寻找白桦树上的黑尾蜡嘴雀。朋友拍下一组照片，一棵白桦树的局部，黑尾蜡嘴雀栖在枝上鸣叫。

黑尾蜡嘴雀敦实的形象，给人朴实的亲近感。嘴的形状决定它的主食，在取食种子时，能够听到咬碎外壳的声音。

天空的流浪者

白腰朱顶雀　周树林／摄影

故事的重要性

我家后院有两棵碗口粗的杨树,分出许多枝杈。有一根伸得很长,有滚鸟笼挂在上面,那真是天然的绝配。我渴望有滚鸟的笼子,但自己不会扎,只好上门求人。扎鸟笼子费事,不是一两天能完成的。

进入冬天,盼望第一场雪,大地载雪,鸟儿找食困难。在后院中撒谷子穗儿搓成的黄色小米粒,被白雪映衬得鲜明,不一会儿,几只苏巧儿从远处飞来,尖尖的嘴不顾清冷的雪啄食小米粒。一阵忙乎,米粒被打扫得干净,留下杂乱的脚印。我想有个滚鸟笼逮苏巧儿和蓝大胆,每天喂它们,在大雪纷飞的冬天,户外严寒达零下三十多摄氏度,在屋中能听到美妙的歌唱。

障子边有一根电线杆,电线上经常落着鸟儿,不停地鸣叫。坐在窗前,向外看到这情景。我喜欢苏巧儿,它的鸣叫声,对于我来说是动听的歌。它站在杨树的枝丫上,冒着清寒,一声声歌唱,惹得寒假作业写不下去了。趴在玻璃上向外观望,听它的歌声,穿破寒冷的空气,快乐地飞到窗前,带来美好的向往。每天刚放亮,苏巧儿便陪着伙伴到来了,歌声带来冬日的阳光。

院中两棵杨树上的鸟儿很多,十几只麻雀落在上面,苏巧儿不甘心落后,经常三五成群来访,在枝头唱好听的歌。苏巧儿是长白山区的称呼,鸟儿叫作巧儿,它的学名是白腰朱顶雀。苏巧儿长相类似于麻雀,前额和头顶深红色,眉纹黄白色,上半身羽毛多具黑色干纹,羽翼有两条白色横带。

我没有滚鸟笼子,试着采用多种方法诱捕苏巧儿,没有一个可行。夏天做的蜻蜓套子有长柄,走近才能管用。人未到近前,苏巧儿疾飞离开,不会给任何机会。苏巧儿看着有点儿傻乎乎的,但想逮住它,不是轻易能得手的。头顶红色斑点,一看就知道是苏巧儿,叫声如同风铃。清脆的声音,急促有些兴奋,似乎说有美食可享受了,快点儿下来。

父亲朋友的儿子罗义春,我管他叫哥,找其同学帮忙,给我扎了两门的滚鸟笼子。初雪早晨,我起来格外早,初次去挂滚鸟笼子。

我的滚鸟笼子散发着高粱秆儿味道,着实让人喜欢,绑上秋天捡的谷子穗儿,但缺少引鸟。只要它在笼子里叫起来,又有滚板上的谷子穗儿,就能引来苏巧儿。邻居家后园的杏树,挂着滚鸟笼子,有雄鸟的响亮鸣叫。每天一挂出去,近处的各个角落都能听见,经常诱捕苏巧儿陷入笼子里。我在后院的杨树上挂上滚鸟笼子,坐在窗前望着外面,等待故事发生。

邻居家杏树上的滚鸟笼给足面子,每天引鸟的叫声,能换来苏巧儿落在枝头,有时笼子能滚进三四只苏巧儿。我的笼子做得讲究,滚鸟笼如同汉字"凸"的形状,最高层放引鸟,挑选一只能叫的鸟儿。它看到有同类来,立即发出悦耳的鸣叫,召唤来此聚会。滚鸟笼的第二层是最重要的部分,两旁是滚板。用竹签间隔有序排列,插在高粱秆儿的框子上,做成梳子状,分为一面长,一面短。这样使滚轴处于不稳定又平衡的状态,再绑上谷穗儿。苏巧儿拉开架势,准备大吃一顿,倏然滚板翻动。它的末端绑着铅块,又利用杠杆原理拉平滚板,恢复原来状态。看似简单的原理,要求却很严格,铅块重量要准确,铅块轻了,翻板又回不来。

滚拍横在轴上,两面插满竹签,苏巧儿跃上横面吃食,由于身体的重量,随轴翻转下去,落入滚笼中。底层是笼子宽敞的地方,落入笼中的苏巧儿,在里面来回走动,隔着竹签的栅栏,望着外面的世界。苏巧儿未吃到谷粒,便被诱入笼中,不甘心这样的结局,所以拼命扑棱。

我热衷于滚鸟儿,因为受邻居的影响,有一种从众心理,觉得人家有,咱家就要有。况且每天听到苏巧儿的鸣唱,使寒冷的冬天有点儿趣意。

有了滚鸟的笼子,除了挂在后院的杨树权上,还想去野外滚鸟，更刺激人的情绪。接连几天的大雪，不停地下，地上积满厚雪。滚鸟笼子无法挂，只能搁在桌子上，等待天晴之后，才在外面挂上。

我和邻居小青商量，天气好时去郊外滚鸟。一场大雪过后，天气晴朗，不起风时，这是滚鸟的好时机。我和小青穿戴好棉衣，戴着棉帽子，手上一双棉手闷子，用棍子挑着滚鸟笼子，就走出家门。

我们一路上，兴奋得控制不住了。大地白雪茫茫，路上行人稀少，北山坡是一片次生林地，我们各自选一棵树，把自己的鸟笼挂上。做引鸟最好是雄苏巧儿，叫声嘹亮，能发出连续嘟噜声。小青的滚鸟笼里的引鸟，如同打了兴奋剂，一挂到枝上，就玩命地叫唤，引来不少的苏巧儿，落在附近的树上。胆大的看到滚鸟笼上金黄的谷穗儿，禁不起诱惑，直奔而来。

雄苏巧儿被束在笼子中，看到来的伙伴，激动得不能控制，大声呼唤。随着引鸟的鸣叫，招引来苏巧儿，我们都盼望笼中滚进鸟儿。不一会儿，小青的笼中就出现惊喜，引鸟诱来的苏巧儿，未啄到谷粒，就踏入陷阱中。

小青兴奋地大喊，在雪地上打了一个滚儿，身上弄了不少雪。我的滚鸟笼中没有引鸟，近处有几只麻雀在吵闹，想要吃那诱人的谷穗儿。长白山区有句歇后语："苏巧儿吵架——乱喳喳。"这条歇后语，说出了苏巧儿的特点。我心中有些妒忌小青的引鸟，等了半天，都被小青的引鸟给勾引去了。

后来，我对滚鸟有了厌恶。有一天去同学家，看到他家在给一盆死麻雀褪毛，准备做饺子馅儿。当时，我急忙返身离开，在屋外感觉恶心要吐。少年时看到残忍的事情，在心中造成阴影。回家后把尚未滚到过鸟的鸟笼子，挂在仓房的角落里，不想让它再犯罪。

每年的春天，母亲要打扫后院。仓房墙上挂了一冬天的耙子，铁丝弯成的耙齿上，生了斑斑的锈痕。母亲弯着腰，一下下搂着落叶和零乱的杂物。

后院中的两棵杨树，抽枝吐芽了。杨树是学校植树时我留下的，这种树成活率高，生命力极强，两三个年头，便长成碗口粗。

母亲叫我帮忙，在清理后的土地上翻耕，一脚蹬下去，锹插进土中，猛地用力，掘出一锹新土。那个年龄正是疯玩儿、淘气的时候，不愿大半天拴在那里。苏巧儿落在杨树上叫个不停，我向它做了个怪脸，一扬手，它停止了唱歌，扑棱翅膀飞走了。

春天悄然离去，后园里的菜长起来了，麻雀不见少，每天都有许多只来，落在电线上，在菜地中抓虫子。有一天，我发现苏巧儿不来了，不知为什么。

天空的流浪者

寿带 刘金彩/摄影

第三辑 山野生活

好比林中一枝花

雄寿带耸着黑羽冠，发出鸣叫声，激昂洪亮，清晨在领地向雌寿带唱起求爱的情歌。寿带是长白山区常见的鸟儿，活动于丘陵地带。它躲在树丛中，平时飞行速度缓慢，飞行距离不远，捕捉昆虫时动作干净利落。灌木枝头是习惯的生活地点，穿行或跳跃，很少在地面行走。

我来到山村大姐家，很少待在屋子里，去看燕子趴窝，养育自己的儿女。听到苞米地里有野鸡叫，便拎着相机去找，被突然出现的花喜鹊吓一跳。这个时候，枝头的寿带发出叫声，没有立即飞走。

寿带经常独自或结对地活动，它不是开放类的鸟儿，性格羞怯。活动范围大多在森林中，要么在树枝上跳来跳去，从一棵树飞向另一棵树。

寿带通过短循环或悬停飞，逮住藏在叶子下面的虫子，在树叶间飘行，以捕获被惊飞的昆虫。有时落到地上，羽冠耸立，举起自己的长尾巴，大声叫起来。生儿育女时领地意识极强，一旦有别的鸟儿侵入，立即将其驱赶走。

这次回到长白山区，在大姐家院子中撞见。既然是老朋友，必须打招呼，况且相机在手，又是在特殊的地理环境中。

六月苞米长得不及腰部，宽大的叶子，气势招人喜爱。喜鹊窝的主人未露头，不知是否在窝中睡懒觉，尚未听到吵吵声。我警告自己尽量小声，不要碰到草木，免得惊飞寿带。走过去几米远，想象不到的是寿带，开个大玩笑，一声响亮的告别，向远处飞走。望着两条长尾巴变成黑点，在空中消失，心中有点儿失落。老朋友不给情面，连几秒的时间都不给，是断绝关系的意思。我对它的离去不满意，好不容易见面了，多少要打个招呼，唠几句嗑。不能匆匆离去，留个背影。

早饭后，我带好相机，一个人去兄弟峰，这是少年时代去过的地方。我在山东四十多年，时常回忆少年经历的事情，每次回来，最想去的地方就是兄弟峰。那年暑假结束，我要回城，在下面等车。姥爷那天不能来送，我和柱子坐着花辘轳牛车，离开山沟中的符岩屯，走了三里山路。半路停下牛车，去路边摘野葡萄，听姥爷说，山葡萄满语译汉是"阿木鲁"，意为长白山山果中的珍品。据清代史料记："野葡萄有紫碧圆长之别，一种山产者实小味酸，有黑白二种，其尤小而深黑者，吉林用以充贡。"作为贡品，每年都采一批阿木鲁供奉朝廷，山葡萄是酿造酒的原料。皮厚而果粒小，富含浆汁，酸度很高。葡萄藤可长达十五米以上，攀援于其他树木上。

我跳下牛车，和柱子来到野葡萄前，伸手摘下一粒，送进嘴里。一股酸涩味溢满口中,酸得龇牙咧嘴,浑身打一个激灵。我们被酸纠缠,林中的寿带惊叫着,不满意我们的出现,惊慌地飞走。我大声喊叫,兴奋中往前追了几步,它拖着长尾巴,在林中穿行。

我向兄弟峰走去,踏上林荫遮蔽的土路,路边有一片白桦林,枝头麻雀嚷着。我做了扔石子儿的动作,吓唬一下,无任何作用。它未受惊而跑,扭向另一方向,不理睬我的行为。

我看到兄弟峰了,久违的重逢,释去积压的思念,风挟野草的清香,絮叨离别后的日子。乡村土路裸露壮实的胸膛,给人安全的依恋。路上看到许多树木,还有野花草、鹤虱、堇草、车前子、小巢菜、鹤草、苦参、野艾蒿、胡枝子、旋覆花、五角枫。东北山梅花,树形美,花瓣白色,花期长,还有特殊的清香味。

土路联结村庄,人被命运驱使到这儿拓荒,搭起了土屋,这片土地养育了家族。一个人凭着铁锹,浑身有不尽的力气,修出一条土路,一年年过去了,后来的人从这条路走向远方。

每次来这里,我一定到土路上,观察发生的变化。有几棵被盗伐的树桩,生出了新芽,鲜润的叶子似张开的小嘴,留下一串串笑声。我为它写过一篇文章,描述春天相遇的情景,对新绿的嫩芽,触摸过程中产生的感受,有着特殊情感。它们的记忆中，没有斧砍锯断的痛苦，有的是大自然的滋养，和风的轻抚。

有一年夏天，和友人去登山，走在山路上，由于消耗体力，且未能及时补充水，流了大量的汗。衣服搭肩头，行走在陡斜的山路，速度慢下来，来时的兴奋消失。在茂盛林间，意外发现几棵野生杏树，我和友人围过去攀住枝头，摘指甲盖儿般大小的青杏，咬一口酸涩涩的。兜里揣着几粒青杏，装进山的野色，我们继续赶路，拐过突兀的岩石。眼前出现空旷的草地，四周是高大的林木，近处响起寿带的鸣叫，声音引诱人，向树上望去，寻找发声的寿带。

寿带羽色靓丽，体态长得比麻雀漂亮多了，雄性有着两条长尾羽，是最突出的特征，所以称为绶带，由于绶和寿字谐音，故又名寿带。寿带到了老年，羽毛变成白色，当它拖着白色的长尾，飞翔于林间时，好似一朵白花，因此又称作一枝花。

我在很累的情况下寿带出现，发出小号一般鸣声。在长白山区的日子，每天清晨走出门，到林中草地散步，呼吸清新的空气，与青翠的草叶交流，享受宁静。土路牵引我走向大地深处，寿带的鸣叫声，好似粗瓷大茶壶倒水的流淌声，朴实中透着诗意。

天空的流浪者

苍鹰　周树林／摄影

第三辑 山野生活

王者风范

木栈道八百多米长，一级级往上登，省下许多力气，不一会儿，身上开始出汗。我一路攀登出现气喘，右膝盖做了游离物手术，医生叮嘱不要爬山和下蹲。今天是冒险，登了海拔一千四百三十八米的老秃顶子。好在比较争气，目前为止，右膝盖没有明显的反应。

在山下时，听景区保安介绍，山顶上有乌鸦和苍鹰。其实这么大的一座山，有苍鹰和乌鸦不是稀奇的事情，比较正常的。乌鸦的哇哇声又响起，当地人称为老哇子，这个名字准确，它总是哇哇地叫着。

木栈道外是树抱石，树根贴住岩石生长，随着时间流逝，树长大起来，将石块包住，形成包石的现象。我再走十几米，便能走出栈道，可以到达峰顶。眼前一亮，一棵山里红，一棵花楸树的枝头挂满红果子，一个个在山野中十分显眼。大自然总是给人意外惊喜，赞叹天降的美，它真是怪手，安排两棵树的存在。

我在两棵树前，被红果子迷住，想伸手摘几粒。但由于相距两米多无法够到果子，又不能翻越护栏，破坏野生树木。天空有阴影，苍鹰好似一片滑翔的树叶。

我拍两棵树的计划被打乱，放弃原来的想法，苍鹰的出现，又是一个惊喜。苍鹰是游动的，不像树似的固定不动，什么时候都能拍。苍鹰随时出现，又瞬间消失，不知飞往何处。

我是逆光拍照，苍鹰背对阳光，眼睛不适应阳光的照射。我摁动快门，来不及多拍几张，苍鹰飞向林中，马上不见踪影，有太多的遗憾，更增强买长焦镜头的想法。否则每一次碰上鸟儿，由于不能近距离拍，只能在远处，标准镜头无法够到鸟儿的位置，拍出来的效果不佳。

苍鹰飞走了，缓了半天的神儿，重新拍山里红和花楸树。山里红我熟悉，小时候就见过，每到秋天经常吃。花楸树是第一次见，红红的小果子惹人喜爱，主要生长在阴坡以及沟谷环境中。海拔、气温和空气湿度，影响花楸树的自然分布和生长情况。山里红则不同，六月时节，我在珍珠桥边，看到一棵十几米高的山里红，果子青涩，没有变成红果子，它对环境要求不怎么高，适应性强。

给两棵树拍完照，准备继续登山顶，响起乌鸦的哇哇大叫，在大山中听起来刺耳，山谷回音，再配上黑色羽毛，音调粗粝，不属于抒情的快乐，听后一阵凄凉，头皮发麻有些瘆人。

老秃顶子是长白山龙脉的核心区域，峰顶约有十八万平方米的草甸。山上的植被由多年生的草本植物组成，群落结构简单，层次不明显，地上是一层植毡。峰顶不长树木，生长着很少见的岳桦林。

我呼吸舒服多了，山顶是平坦的草甸子，膝盖不用受登山之苦。不时听到乌鸦的吵嚷，但未看到苍鹰的出现，在乌鸦大叫时，如果苍鹰出现，它会快速逃走，免受杀身之祸。前几天，朋友知道我来长白山区看鸟儿，便发来一组照片，拍摄的喜鹊大战苍鹰。一只苍鹰在东山上空搜索捕食，未料到碰上几只喜鹊的穷追猛打。苍鹰是猛禽，是天空中的巨无霸，具有锋利的鹰爪，强健的体魄，一般鸟儿不是它的对手。

但苍鹰有头疼的时候，遇上死打烂缠的喜鹊，它毫无办法。喜鹊是高智商的鸟儿，凭着自己的智慧，足以应对苍鹰。喜鹊因有所依仗而毫不害怕。喜鹊凭着机智，绝不会跟苍鹰一对一的打斗，它们是群体围攻的战术。在山野中好几只喜鹊追逐苍鹰，这是常有的事情，不足为怪。

苍鹰不是群居动物，它向来都是独来独往，相信自己的实力，单打独斗。但在喜鹊群殴的情况下，毫无数量的优势，难以招架纠缠的对手。

苍鹰在森林中以肉食性猛禽闻名，视觉敏锐，飞翔是它的特长。白天出来活动，非常机警，也善于隐藏。它的叫声尖锐而洪亮。在空中直线滑翔，追击猎物。

苍鹰很少在空中翱翔，更多是隐藏在树枝间，观察周围情况的变化，等待猎物出现。它充分利用翅膀和长尾羽调节，任意改变方向。在林中或高或低穿行，从林缘和开阔地上空飞行，监视地面动物的活动。

鸟类学家讲过一个故事，他观察过苍鹰养儿育女的情形。苍鹰窝在山毛榉树上，当时树叶长出来，在窝边沿，看见窝中苍鹰的头，他还看见另一只苍鹰俯冲。他以为要落在附近树上，却直接飞回窝中，就在这个时候，苍鹰的妻子从窝中飞出来，要给到来的丈夫腾地方，并要避开发生相撞的危险。他看了半天没有弄明白，它们行动这么快，是怎么让窝中孵的蛋免遭压碎危险的。

我带着这个故事，走进老秃顶子山，寻找苍鹰的踪迹。虽然没有看到他所讲述的窝中事，却看到空中的苍鹰。

我在草甸子大石块前，意外碰到从敦化来玩的女驴友，自驾来游鸭绿江，顺路看了不远处的滴水台村，早晨来观秃顶子日出。由于雾气大，遮住最佳时机，现在她等待着看日落。

我们是延边老乡，热情地打招呼，佩服她的勇气。一个人背着双肩包，手中挂着棍子，既是助力登山，又可以防身，主要是对付小动物。我在大石头前为她拍照，答应回去后，把照片发给她，并加上微信便于联系。

我在秃顶子山上游玩，心思还在乌鸦和苍鹰身上。老秃顶子山上天气和山下不同，往往变化无穷，电闪雷鸣是家常便饭。

森林中有许多被雷电劈断的树木,在山坡一带有岳桦林,是乌鸦和苍鹰出现的地方。

　　站在高处视野开阔,一眼望出去很远,草甸中间有几块大石块,这是大自然施展魔力之手,打造的天然景象,不是人力所能达到的。我在大石块前,向前面的林子望去,等待苍鹰再次出现。在秃顶子山拍了许多照片,敦化女驴友用我的手机,为我录下一段在草甸子行走的视频。等了许久,不见苍鹰出现,只听到乌鸦的哇哇大叫。时间不允许我多待,走出几百米,开始往山下走。这里是下坡,经过岳桦林和冷杉林,苍鹰从岳桦林中飞翔而出,如同大梧桐树叶子飘动,身姿英俊,显示出王者的风范。我停住奔走的脚步,抓紧时间举起相机,否则这次来,就无法留下苍鹰的影像。

小斑啄木鸟　孙晓明/摄影

第三辑　山野生活

小斑啄木鸟

这是一片杂树林，长着一些枝干粗壮的橡树，零散的白桦树，树上的虫子多。地上野草和野花生长得茂密，鸟儿在枝头玩耍，鸣叫声回荡。

我经过林间，去富尔河边捡河卵石，带回家中的书房。多年来有一个习惯，凡是在外行走，只要遇上河，必须捡几块河卵石。我的书房中有许多河卵石，摆在书橱上，每一块河卵石都是一部书，颜色不同，内容丰富。记录着河的历史，地域的特点，留下我们相遇的情景和结下的情感。

我书橱上

有两块浅灰色的河卵石

这是从富尔河带回来的记忆

从纹络中散发河水的气息

岸边的树丛中

小斑啄木鸟的叩树声

在林间回荡

我在河边捡起河卵石

举向太阳

贮存下河水声

山野的风吟

阳光镀上一层保护膜

把这一切凝固时间深处

每一次拿起河卵石

感受阳光的温暖

小斑啄木鸟的忙碌声

有着魔鬼般迷人的声音

  我走在一条小路，从林间穿过，去富尔河边，遇上许多野花。我看到紫花地丁艳丽夺目，摘一朵闻着花香。一味纠缠的中华蜜蜂，嗡嗡叫个不停，好似我在和它争夺蜜源。在林中不要轻易招它，不知是哪路的神仙，会引来一群攻击你。要是遇上马蜂，不小心惹它急眼，可真是捅了马蜂窝，后果不堪想象。我挥挥手，轰赶不受欢迎的小动物。一阵敲击声从树上方发出，声音坚定有力，在安静的林中响起。这个地方不可能有人砍东西，现在森林法严厉，无人敢乱砍树木，再说这个声音，不是利器发出的声音。肯定地说，一定是叨木冠子干活儿，卖力气地找虫子作美食。当地人把啄木鸟，统称为叨木冠子，可能是头上长冠的原因。

我被声音吸引,决定改变行走的路线,可惜的是没有带相机和望远镜,碰上一场无准备的相遇。我尽量不弄出声响,向声音发出的方向奔去。

往前走出不远,拨开空中乱伸的枝叶,双腿在草丛中行走。在一棵橡树的树梢上,看到小斑啄木鸟,头顶戴着朱红色的帽子,一着眼就知道它是雄性,眼先是茶褐色,眉纹黑色,后颈至上背黑色,下背白色,具有黑色横斑,其腰及尾是黑覆羽。羽毛和颜色构成种类的标志,用于与别的同类区别。它抓附树身,试图敲破树皮,揪出里面的虫子。它精力集中,肚子缺少食物,饿得咕咕直响。小斑啄木鸟做法娴熟,从各种角度发起攻击,身体附在树身,甚至倒挂树上。它的脑袋向后仰起,猛地凿向树身。

啄木鸟在探寻树皮内的虫子,不断地啄树皮,继而静听,好发现有什么异常的情况。树内有虫子的声音,就在树干上开啄,挖出洞啄取害虫。有些树被挖出许多洞,但对树并无伤害,既除灭了害虫,也能使之更有生机。

我悄悄地走近,在白桦树的掩护下,免得小斑啄木鸟受到惊吓,丢下虫子饿着肚子逃跑,我想看它吃虫子的样子,化作泡影。我在白桦树身后,脸贴在树身,闻着散发清香的气息。白桦树长到一定粗细,才可以采汁,每年三月至四月为宜。采汁时间很短,只有十天左右,切开白桦树皮,汁液流到容器内,水调成稀汁做饮料。小斑啄木鸟太投入了,没有注意我的到来,享受美食的幸福。小斑啄木鸟花费不少精力,把虫啄出洞才能吃到口中。

太遗憾了,出门时犹豫一下,看到桌上的相机和望远镜,最后决定不带。因为只是去富尔河捡河卵石作为纪念品,以后看到它们,就想起富尔河边的生活。这是我的错误决定,丧失一次好机会,一个人在大自然中,说不定会有什么意外的事情。

小斑啄木鸟被抓出的虫子迷住,是长得过于漂亮,不忍心下口,还是在威吓,显示作为征服者的得意?它欣赏半天,嘴里嘟囔着什么,终于把虫子吃了。小斑啄木鸟通过叩树声音,就能辨别是否有虫子,觉察树干内有虫子,就会啄开树皮伸进舌头,将它勾出吃掉。

小斑啄木鸟的舌头细长而柔软,可以伸缩,生有倒刺和黏液,不管在树干里隐藏多么深的虫子,都逃不过其舌头。看样子是早餐结束,一拍屁股走了,也不收拾弄的残局,不讲究卫生。小斑啄木鸟扭头观望时,眼睛闪闪发光,有了满意的内容。

小斑啄木鸟飞往另一棵树,杂树林是它的食堂,想去哪儿吃,就去哪儿。我好似在看纪录片,在草木气息浓郁的林间,茵陈蒿、五角枫、野艾蒿,高兴地把湿润的水汽,染到我的身上。小斑啄木鸟飞走了,我在林间走出不远,又听见敲击声,小斑啄木鸟的敲击声,声音清亮,几百米外都能听见。草尖上掠过四声杜鹃的叫声,麻雀不甘落后,啰唆地闲扯。

　　我走在林间,小路被草淹没,倔犟地在前方探出。蚊虫和小咬四处乱飞,在脸前骚扰,要不断地用手驱赶。那只蜜蜂跟随过来,扑在小路边的东北山梅花上,撅着屁股挑逗。松鸦呼叫起来,其中夹杂小斑啄木鸟的啄树声。在林间,听着各类鸟儿的鸣唱,闻着草木气息,天空蓝得让人不相信。

山斑鸠　周树林/摄影

第三辑　山野生活

山斑鸠

蓝灰色的尾巴,肚皮下有葡萄红褐色,不用费心思猜,就知道是山斑鸠。它和家鸽似的低沉鸣叫,极具个性。

我去看长白山区老房子,听到山斑鸠的叫声,向树上望去,看到肚皮上的标志。它和胎记一样的斑,见过一次就不会忘记了。

六月时节,有一天,我来到这座院子,在障子外向里观望。很久无人走动,拴门的铁锁锈痕斑斑。障子东倒西歪,有的地方出现豁口,我就是从豁口进来,踩着荒草进入院子。

一条小路穿越草丛,通向深处的井边,附近有杂树林。我来到时山斑鸠叫着,对于外人的来到并不在乎。

没有炊烟的院落,野艾、荒草丛生,主人不在了,泥土屋破败,禁不起时间的熬磨。我看着泥土草屋,屋顶苫的稻草褪去金色,支棱八翘地竖起,东山墙上的烟囱斜向一边。窗上的玻璃破碎了,空荡的屋子落满灰尘,墙角挂着蜘蛛网,存有主人临行前的情景。这是典型的北方格局,南北各一铺大炕,生活用具随主人漂泊远方。临走的最后一夜,主人心情不会好受的,南炕留下的方桌摆着几双筷子,如同复杂的心情,酒杯散乱,喝空的酒瓶子倒在炕上。墙上没带走的黄历牌，守护着离别的日子，风雨、虫子和飞鸟是家中的常客，山斑鸠成为新主人。

我离井沿不过几米的距离，山斑鸠从树上飞到地下，不断地鸣叫。一路小步地来到井沿边上，边走边觅食，展开翅膀，又飞回树上。我不敢动弹，没有弄出任何响声，不知为什么，越来越近时，反而迅速地离开。

院子里的马车缺少主人的呵护，车厢脱落，木板干裂，失去往日的风光。驾车的马不知去往何方，主人收起结着红缨的鞭子，离开生养他的土地。曾经驮载重物翻山越岭，蹚水过河，劲头十足的胶皮轱辘，现在干瘪泄气，清脆的鞭声是它美好的回忆。

走进废院，阳光使我有了温暖。园子就像是件旧衣服，掩不住孩子似的快乐。枝丫繁茂的大树，投下一片阴凉。水芹菜恰似打开的折扇，半掩羞涩的脸庞。山斑鸠快乐歌唱，它生性机警，多在林缘、路上和耕地中活动。院子无人走动，闻不到炊烟的味道，一切变得荒废，野草自由地生长，主人对土地的爱留下了。废院中的田垄是刻在土地上的文字，表达出赞美和喜悦，蝴蝶在园子中飞来飞去，引领我向井边走去。山斑鸠不肯离去，这是它的领地，即使有人走近，也无离开的意思。

一口老井，让我感受到水的香味，涌动着秋天收获的欢喜。井缺少主人照看，荒凉了，青石的井壁，缝隙间长出青苔。水面不清亮，浑浊得看不到底，几片枯叶漂在上面。井是园子的眼睛，它不管是黑夜或白天，四季轮换，总是充满爱意地迎接。它等待主人回来，吹去迷眼的沙土。

我对院子的主人一无所知，他们是如何迁徙到这里的，生活多久，发生什么故事。有一天，他们身心疲惫，是否会想起荒废的家园？

村庄外修起一条水泥国道，铺路机、挖掘机、推土机、运输车在日夜运转，这里的安静消逝。望着长飞羽的山斑鸠，脚短而强壮，头颈灰褐，染以葡萄酒色，因为山斑鸠的歌唱，使荒凉的老院子有了新活力。

云雀 柳明洙/摄影

第三辑 山野生活

天空中绝对的炭

六月初，是长白山区美好的季节，各种野花开放，野草长大了。我在一片次生林边，听到云雀的歌声，从一片苞米地的上空飘来。我站在土包上，让自己在高处，望得更远一些。我向那个方向搜寻，欢悦的歌声，丰富的韵律，只有云雀才能带来。

我来到了林地，走在绿荫之中，烦躁的心静下来了。依在一棵树上，阳光穿越树枝的缝隙，有鸟儿在林间飞去，留下几声鸣叫。

我呼吸野草的清香，触摸着树身，听它讲述古老的故事。一阵嘹亮的歌声响起，云雀飞入高空，往往听到歌声，而望不见身影。

云雀以甜美的歌声闻名天下，叫声富有韵律，有其发音的规律，开头和结尾不用猜，就知道是云雀。它之所以被诗人喜爱，不是因为它长得漂亮，而是歌声悦耳动听，声音迎合人类对大自然所需求的美感，和对山林和旷野的向往。云雀太能叫了，山野中随时随地都能听到，时间长了，却觉得有些闹腾。山里人对云雀并不和诗人们一样，听着云雀的歌唱，有着浪漫的诗意。

我在长白山区，经常看到云雀拔地而起，直冲天空。它更多是在开阔的环境中生活，林缘的平地尤为常见。它们多是成群在地上觅食，或嬉戏追逐地活动，竖起羽冠，受惊时更是如此。

山脚下是平缓的坡地，在树的后面是草地，远处就是村庄了，大地上有多少棵树数不清。

我在山中，每天来到树前坐一阵子，看着周围细小的变化。一只野蜂飞来，落在白车轴花上。麻雀不厌其烦地鸣叫，引来别的鸟儿回应。风吹树上的叶子，奏出古老的乐曲，歌颂大地的辽阔。我拾起叶子端详叶脉，还没有到告别的季节，情感珍藏记忆中。寒冷的冬天，万物凋零，会想念美好的夏日。

云雀出现在天空中，唱着动情的歌，这么大的背景下，唱出喜悦的调子，听美妙的声音。我不禁惊叹，又来了云雀，这么旺盛的精力，真是个有魅力的歌唱家。

云雀在天空的舞台上表演，穿过一片白云，身姿显得漂亮。我想向它招手，道一声问候，意思是说在欣赏歌声。我坐在树下，云雀似乎没有发现，只留下歌声，向远方飞奔而去。

六月时节，我又来到次生林边，草长得很高了，野花散落在草丛中。有一棵大树被人砍伐，树桩周围长满青草，树的横断面，经过风吹雨淋，已经裂出缝隙。枯树皮的一侧，生长着一丛叶子，生命顽强不屈，鲜蓬蓬的叶片，柔嫩地沾着露珠。

去年来时，这生长的大树，现在只剩下树桩。天空出现黑点，飘来一阵歌声，云雀发现我的来到，献一曲欢迎的歌，帮我解除内心的不快。

我听到云雀歌唱，装作路过的样子，不愿在它面前表露情绪。只是向空中望去，仔细观察，它是去年的那只吗？

戴菊 周树林/摄影

第三辑 山野生活

头戴菊花的小鸟儿

穿过一片柳毛趟子,经过进山人多年的踩踏,形成毛毛道。两边是野草和硬杂树林,平常很少有人来。

我今天到了周家沟,听到戴菊的尖细叫声,有些怯生生的。别看是小鸟儿,却身怀绝技,它和蜂鸟一般,能在空中悬停,不是任何鸟儿都能做到的。

我第一次看见戴菊,由于事先做好了准备,一眼看到它,就毫不犹豫地脱口而出"戴菊花的鸟儿"。戴菊生活在海拔八百米以上的针叶林和针阔叶混交林,为典型的古北界泰加林鸟类,其亚种较多。戴菊体形小巧玲珑,雄雌戴菊的体重差不多大,体长不一样,全身橄榄绿色,腹部浅灰白,黑嘴巴,脚是淡褐色。雄性戴菊头顶是橙黄的羽冠,雌性则是柠檬黄。其尾巴短小,身体胖乎乎的,有一对圆溜溜的大眼睛。

我来到周家沟,在松树林边,正要往前凑,戴菊从树上传出鸣叫声,便知道有缘相遇戴菊。走出不过百米,在红松林边,看到戴菊在高兴地叫着,其羽毛与松枝融为一体,没有经验的人和近视眼很难发现。

草丛中有一对野鸡叫,安静中格外响亮。听当地人说,山上有许多野牲口，野猪、土包子、山跳子……近几年封山养山，一些动物多起来。山跳子是什么动物，我弄不清楚，这可能是当地人管野兔子的叫法。

路边有一丛榛子树，叶子泛黄，果子被采摘光。我一路走，被山野涌来的植物迷住，有的根本不认识。

周家沟越来越近，远处看不明显，到了山根下才发现，它的雄壮和威严。人在山中任何杂念都跑远，心情被绿色染得单纯。我的目光游荡在山野间，不时拿起相机，拍下自己喜欢的画面。

我走了一里多地，即将踏入树林，遇上草地坐着戴草帽的老人，身旁放一根木棍，进山人叫索罗棍，总是随身携带。这不是棍子那么的简单，是自卫的武器，防止蛇或其他的小动物偷袭，上山拄它，帮助自己减轻劳累。空旷的山中，棍子敲打树干，清脆声音传出很远。它有一套独特的语言方式，和远处的人交流。老人斜挎的筐里，盛着采的冻蘑菇，由于刚摘不久，带着野性的气息。我和他打招呼，老人是朝鲜族，身子瘦弱，却十分硬朗，普通话不流畅，从他的神情上看，遇到我很高兴。

戴菊头顶上的小菊花，其实是顶冠纹。素常看上去，就是一条带色的条纹，只有受到外部刺激，或求偶时才会竖起来，如同绽放的菊花。

戴菊的嗓音很细，和小身板儿相宜，稍不注意，就几乎听不见，除非熟悉它们。长白山区五月，响起它的叫声，雄鸟求爱的情息，能看见成双结对甜蜜的影子。它们交配的时候，多在树冠侧枝上进行，翅膀激情地扇动，橙黄色的羽冠耸起。

戴菊的窝搭建在鱼鳞云杉、红松或臭冷杉上，有的在细枝丛中。它们个头儿不大，窝却建在高处，距离地面达十几米。窝在高处极隐蔽，被松树上的松萝和浓密的枝叶掩藏。营造窝的工程中，戴菊可谓建筑大师，技术高超，两口子共同出力营造，窝很稳固，不怕狂风吹和暴雨淋。窝是就地取材的苔藓和蜘蛛网，做成杯状，挂在树枝的底部，窝中铺一些软毛。窝注意保暖性。戴菊离开窝，外出一个多小时，回来以后，窝中还是有暖气，不必担心变冷。下雨时，窝吸收外来的水，但窝中滴水不进，一点儿都不潮湿，绝对是干燥的。窝具有稳固性，除了有三层复杂结构和保暖材料外，其构架主要是采用蜘蛛丝，坚固而有弹性的材料起到决定性的作用。

六月中旬，一天上午，我在周家沟行走，经过一片树林，不费力气地碰到戴菊。在林中，上午的光线很暗，因为茂密的树冠遮蔽住阳光，所以这里是苔藓的地盘，在雨后有各种蘑菇冒出来。黑斑林莺、黄腹柳莺和木兰林莺在这里歌唱，也是它们的家。我对各类鸟窝感兴趣，但今天到现在为止，没有瞧到一个窝。下定决心，继续寻找，不找到鸟窝，不下山离开。

戴菊有自己的生存之道，它是群居性的鸟儿，大家在一起，每天快乐地生活，也起到一种保护作用。只有在繁殖时期，单独或者成双结对活动。戴菊闲不住地窜来跳去，昆虫是主要的食物，也吃蜘蛛和其他小型无脊椎动物，在冬季吃植物的种子。

我很难相信，这样小的鸟儿敢吃蜘蛛。长白山区的蜘蛛群，在不同海拔的分布不一样，况且不同树种的冠层蜘蛛有着多样性。海拔八百米处，蜘蛛以游猎型为主，一千米以上为伏击型，到了一千四百米，就是结平面的线网型。戴菊在山中，要猎捕的不是一种蜘蛛，而是不同类型的，也是一种勇气。

动物学家在研究戴菊时说："据我所知，戴菊是唯一能在小枝末端盘旋，扯下大概没有其他鸟儿能看到的，且人类也只能借助放大镜才能看到的显微级别的螨虫、蚜虫和蚜虫卵的鸟儿。虽然很困难，但是获知一种鸟儿靠什么生活是很重要的。"我们大多是通过阅读资料，了解长白山区各类鸟儿，面对扑面而来的鸟儿，还是一知半解，有的甚至不认识。

我不敢轻易地走进去，树林里充满神秘，只是在林缘转悠。灌木丛越来越密，杂草缠脚，登山找不到道路，全靠扒开枝叶，闯出一条路。

在周家沟里走，无奈草密实，林子遮掩一切，听着鸟儿在不远处，却连影子都无法抓住。

大自然记下鸟儿的音符

高维生

长白山的鸟儿,在自己的领地放声歌唱。大自然记下鸟儿的音符和色调的不同变化。每一只鸟儿都是完美的艺术品,谜一样充满魔力。鸟儿的鸣叫很单纯,没有教学大纲,不在训练中修饰嗓子,发出规范的声音。它们的老师是大自然,树木、野草、山风和溪水。

长白山鸟儿有自己的习性,和许多的传说。小时候,听老人说过老虎、熊瞎子的故事,和小伙伴们去山野逮鸟儿,经历很多有趣的事情。多年来搜集鸟儿的影像,自己拍过一些鸟儿,写它们的想法很早就有过,把自己的经历记录下来。近些年,对于生态文学更加关注,随着年龄增长,回到长白山的写作,这才是我要写的东西。

在漫长的写作生涯中,写过许多的题材,但对于长白山的生活,没有深刻地思考过,集中主题的创作。音乐家德彪西指出:"在艺术上,人们经常斗争的对象应当是自己才对。而且在自己的斗争中取得的胜利,也许才是最漂亮的胜利。奇怪得令人好笑的是,人们在跟自己斗争的同时,害怕战胜自己;并且宁愿安安稳稳地做一名听众,或者跟着朋友们的意见跑,反正是一回事。"他深刻地指出艺术道理,在创作中最大的敌人不是别人,而是自己。写什么,怎么写,这条看似简单的道理,却是一条无法破译的密码。人们嘴上都会说,但真正行动起来,却是非常艰难的。

我选择写长白山的鸟儿,是对家乡的致敬,也是离开多年的情感倾诉。对于长白山鸟儿的写作,既不是教育人,也不准备当鸟类学的专家，向世人炫耀自己的学问。我只想叙述生活中的经历，朴素地表达出来，多写感受和印象，少说一些个人主见。

2021年8月29日，下起了大雨，半小时后雨停。我在大连渔人码头的一家甜品店，要了杯卢旺达的胡耶山苦咖啡。望着窗外的海，海鸥自由地飞翔，我在电脑上写下白鹎鸰，开始长白山鸟儿的创作。

9月7日，乘MU5621航班，飞到通化三源浦机场。走下飞机，迎面而来的是冷风，阴云密布，一眼望到边的小机场。朋友开车来接机，又要坐两小时的车程才能到白山市，去看秋天准备迁徙中的长白山鸟儿。车子在通辽高速路上行驶，两旁乌云压顶，一缕缕云雾缠绕，鸟鸣声传进车中，一只路边的野鸡被惊飞。

我入住白山市宾馆十楼102房间，第二天去秃顶子山，看到了苍鹰和大嘴乌鸦。在规划行程中，继续向长白山腹地远足。9月11日，我接到通化市疾病控制中心的电话，说明来时乘坐的班机，有一名新冠肺炎密接者，需要马上隔离。当晚十点，被救护车带到同鑫商务宾馆，防疫人员要求出示打过疫苗的电子版，我扫了二维码后，加入特殊的群体中，名字改为房间号。

我住在415号房间，开始二十八天的隔离生活。清晨四点起床，窗外的天空阴沉，下起雨来。门前的小河，被风吹起一排排波纹，中年人牵着两条大黄狗，走在水边，过往的行人穿上夹克衫，打起雨伞。九点二十分,窗外响起流动收购车的电喇叭声,高价收购冰箱彩电、纸壳子。听到远处的火车声,心里有些烦躁,来往的公共汽车多起来了,窗外有老人和小孩子的说话声。

我在特殊的环境下,进行长白山鸟儿的写作。每天清晨四点起床,和长白山的鸟儿相会,写累了,站在窗前向外观望。进入415房间,二十天了,这天是秋分,窗外的榆树来时是绿色,现在梢头泛黄,有了秋天的感觉。

二十八天,在全封闭中写下大部分书稿。宾馆网络半瘫痪,时断时续,有时根本就没有网。在与外界中断联系的日子中,长白山鸟儿陪伴我度过每一天,使自己未感受到孤独。

10月5日,这天上午九点三十分,是我解除隔离的时间。清晨四点醒来,望着窗外秋天的景色,天空有一只喜鹊,拖着长尾巴飞过。

我在415房间,在简陋的小桌前,用文字叙述戴金腰带的燕子。天空阴沉沉的,下起小雨,打在窗玻璃上发出清脆的声响。这是一种告别仪式,还是留给记忆最好的回忆。解除二十八天的隔离,将要告别同鑫商务宾馆,告别东风桥和浑江大街。

感谢诸位摄影家,使这本书变得厚重。他们长年奔走在长白山区,拍下各种鸟儿的生存状态。每一张图片,不仅是真实和研究的记录,更是一种生命中的追求。特别要提一下长白山鸟儿摄影家周树林先生的友情支持,才能让这部书顺利地出版,在此一并感谢。

2021年10月23日,于大连保利西山林语N公寓1608房间